ちくま文庫

ベランダ園芸で考えたこと

山崎ナオコーラ

筑摩書房

ベランダ園芸で考えたこと　もくじ

本文イラスト 山崎ナオコーラ

ベランダ園芸で考えたこと

①ラプンツェルのように

植物の伸びを見ていると、自分の仕組みに思い当たる。花びらが次第に開くのを見て、自分の体もこんな風に進化した、と考える。虫のかじったあとを見て、地球の形もこんな風に変わってきた、と想像する。ベランダは世界のミニチュアで、ここを見ているだけで充足する。

ベランダには、いろいろなものがやってくる。「私の友達」と呼んでいる雀たち。この雀は、私の住んでいる部屋の真下にある、マンションのエントランス脇に立つ木に、よく群がっている。朝、「ちちちち」という鳴き声が聞こえるので、ベランダから顔を出して見下ろすと、その木がちかちかしていたので、小鳥だ、と思った。出がけに見上げて目を凝らすと、二十羽ほども葉っぱの陰にいるようだった。それで、「小鳥のなる木」と私は名付けた。雀の巣なのだろうか。

そうして、雀というのは低いところを飛び、低木に棲《す》むもの、と思って二年ほど過ごしたわけだが、今年の冬になって急に、十一階にある私のベランダまで上がってくるようになった。朝ご飯を食べているぐらいの時間に、ベランダから「ちちちち」と声が聞こえてくる。五羽ほどが、ベランダの柵にとまっている。しかし、近づいたり、顔を向けたりすると、すぐにバッと逃げていってしまうので、ちらりと横目で見るぐらいで済ませる。「友達が来ているな」と心の中で思うだけだ。十一階は結構な高さなので、雀に対し、「随分飛んだな」と驚く。あまりにもたくさん来るようになると、うるさ過ぎたり、糞害があったりもするのだろうが、今のところはただ可愛いだけなので、もっと来るといいと思っている。どうして来ているのか、ちらり、ちらりと覗き見して、私が感じた限りでは、バジルの花を食べにきているのではないか。

最近の私は、ベランダ菜園が趣味だ。ここ四年ほど、少しずつ植物を増やしてきた。多くの人がそうだと思うのだが、ベランダ菜園といえば、まずはバジルだ。種や苗が安価で手に入り、丈夫で育て易《やす》いから初心者向けだ。植物として楽しめて、且《か》つ、食材としても使えて、嬉しい。パッと二、三枚の葉を摘んで、パスタやサラダの上にちらすと様《さま》になる。もしもベランダになくて、そのためにわざわざ買うとなると、一袋で数百円もするから、もったいない。わんさか育ったらジェノベーゼを作れる。しかしベランダになくて、スーパーで三袋ほど購入して料理するとしたら、瓶に入った出来合いのものの方が安くなってしまう。だから、ベランダではないとしても、窓際なりキッチン脇なりにミニプランターを置いて育てている、という人は多いだろう。

私のベランダにも「ハーブ園」と心の中で呼ぶ一角があり、春、夏、秋、と様々なハーブが穫れた。だが、冬になり、大体のものが枯れてしまい、荒れ果てている。ミニプランターで育ったバジルだけが存命だ。ただし、葉はぼろぼろ、薹《とう》が立ち、ぴゅーんと伸びた先に小さな白い花が密集しているだけの、見ても楽しくなく、食べられもしない存在だ。

ちなみに、ここまでいろいろ書いてきたため、私が勝手に世の中の様々なものに名付けをしていることがばれてきたと思われるので、ここで一応書いておくと、もちろん私はベランダにも名前を付けており、半分から向こうを「ナオファーム」、こちら側を「ナオガーデン」と呼んでいる。食べられるものを育てているのがファームで、花があるのがガーデンだ。雀が来ているのはファームで、しかし、食べているのは花だった。

横目で見る限り、雀は花をついばんでいる。冬になって、食べ物がなくなり、あらん限りの力で舞い飛び、十一階のベランダでやっと、みすぼらしい花を見つけて食べているのに違いない。だが本当に食べたいのは花ではないはずだ、と私は考え、小皿に米をのせて出してみた。次の日、米は無視されていた。考えてみれば、米は乾いているから、喉につまるだろう。雀に田んぼのイメージがあったので、つい、食べてくれるような気がしてしまったのだが、あれは生きている稲だ。そういえば、私は住宅街の中で育ったので、自然に疎いのだった。雀が何を食べるのかさえ、知らない。

ふと、昔、同じクラスの男の子が、死にかけの雀を通学途中に拾って、学校まで持ってきたことを思い出した。小学校二年生ぐらいのことだったと思うが、「雀がかわいそう」と言って、男の子はその日ずっと、教室の机の上に雀を載せたままで、その横に教科書を開いていた。先生も、仕方がないとそのまま授業を一日行《おこな》った。放課後には、雀が動かなくなった。男の子はわんわん泣いた。私はそれを見て、自己欺瞞だな、と思った。いや、自己欺瞞、なんて難しい言葉では思わなかったかもしれないが、人間の手で抱きしめられたり、餌も何も与えられなかったりしたから、雀は死んでしまったのに、そこは考えようとしないでいる。もともと「かわいそう」だからではなく「可愛がりたかった」から拾ったのだろう、という風に見て、その男の子を、「勝手だな」と捉えたのだ。思えば、私はいつも傍観者だった。他の思い出でも、小学生時代のクラスの出来事を思い浮かべると、自分が参加したり、自分が何かを言ったりしたことが、ひとつもない。本当に、見ているだけの子どもだったのだ。あのとき、他の子どもたちは、雀がかわいそうと言って、撫でたりさすったりしていた。それはもちろん、雀にとってはいい迷惑だったはずだ。しかし、子どもたちは、生き物について、死について、そのとき、何かを感じ取ったのではないだろうか。だが、私は触らなかった。

そして、今まで一度も雀を触っていない。電線に、木に、ベランダに、とまっている雀を見ることはあるが、あれらは視線をぶつけるだけで飛んでいってしまうのだから、手をのばせるわけがない。私が野生の小鳥に触るチャンスは、一度だけだったのだ。すなわち、死にかけの、あるいは死んだあとの、あの鳥だけだった。大人になったあの男の子はきっと、私よりももっと上手く、雀とつき合っている。生や死を受け止められるようになっているに違いない。

米を無視されたので、私は翌日、スーパーマーケットで買ってきたリンゴを切り、小皿にのせて出してみた。さすがに果物は食べるのではないだろうか。あまりに人気が出過ぎて、いろいろな鳥が来るようになったら困るな、洗濯物も干すからな、と思って、朝に待ち構えてみたが、雀はやはりバジルの花を食べ、リンゴは無視した。ということは、バジルの花は本当においしいのかもしれない。

ベランダには、他にもいろいろなものが訪れる。烏《からす》も来る。雀のことは好きなのに、烏を嫌うのは、「よくない」と思う。昨日も、新聞に烏の研究者の記事が載っていた。

鳥を調べれば自然がわかる、街が理解できる、よく知らずに毛嫌いするのはおかしい。鳥を愛せ、と。

しかし、私は正直なところ、「嫌いだ」と思ってしまっている。執筆中に、バサッと音がする。パッと顔を上げると、黒い大きいものが柵に乗っている。腕に鳥肌が立ち、背筋がぞっとする。窓をどん、と叩いて威嚇すると、また飛んでいってしまうこともあるし、動じずにしばらくいることもある。ひと月に一度くらい、そういうことがある。

どうも、鳥は雀よりも高い空にいるようで、飛んでいるところが目に入ることはよくある。飛んでいるのはいいのだが、側に寄られるとゾクリとする。花壇を荒らされたら困るし、洗濯物に触られたら嫌だとも思う……という真っ当な理由もあるが、私はたぶん、見た目が嫌だと単純に捉えてしまっている。

うちにはテレビがなく、音楽もかけることが少ない。無音で過ごすことが多いので、羽ばたきは、そのまま耳に届く。バサッという音は、怖い。

それから、太陽の光。燦々《さんさん》と降り注ぐ。私のベランダは南向きなので、日中は光がたくさん降りてくる。日光を浴びてセロトニンというものを体の中に作ると、鬱病予防になると聞いた。朝に光を感じて、体内時計を狂わせないように注意することも大事らしい。仕事の性質上、私は鬱々しがちで、一日のスケジュールが乱れ易いので、日光はできるだけ浴びようと思う。用事のない日は、近くの公園を三十分ほど散歩する。それができない日でも、ベランダに出て、水遣りがてら、日を浴びる。

太陽は一日中照っているわけではなくて、雲に隠れたり、弱まったりする。また、移動していくので、影の場所が変わる。強く照っているときの時間がもったいなく感じられ、光の降りている場所に植木鉢を置き、影が移動したら、また光を求めて動かしていく。光と水だけで、ぐんぐんと伸びる緑が面白い。

虫も来る。二年前、どうやって十一階まで登ってきたのか。おどろおどろしいものが、もぞもぞと鉢植えの中を這っていた。

思わず、

「わー」

と叫んだ。お隣りさんにも聞こえたのではないだろうか。

体長五センチほどの毛虫だった。将来は気持ちの悪い蛾になるのであろうそれは、おそらく成虫よりもさらに気持ち悪かった。色は焦げ茶と黒の縞だ。ものすごい速さで動き、毛を波立たせる。雑誌を破り、紙を棒状にして追いかけまわすと、だーと走っていって捕まえられない。そんなに生きる気まんまんなのなら、もういい。喰え。放っておくことにした。

翌朝、毛虫はいなくなっていた。ドラゴンフルーツは見るも無惨な姿になった。あちらこちらに嚙み跡が付いている。マクドナルドの柔らかいハンバーガーのバンズを、めりりとかみ切った後のようだ。バンズというのはパンのことで、私は学生時代にマクドナルドでアルバイトをしていたことがあり、バンズと呼んでいる。だが、あんなに小さい虫だったのに、人の口と同じような跡を付けるのは、どういうことなのか。地球サイズの星に棲んで活動していれば、自分の口の大きさにかかわらず、食べたらこういう形を作るもの、ということなのか。

ともあれ、動くものが私の部屋に来てくれたことは嬉しい。

私には毛虫しかいない。

ラプンツェルのように、高いマンションから、髪を垂らして待ち構えていて、登ってくるのは王子ではなく、毛虫のみ。そんな感じがした。

虫は大きなものばかりではない。アブラムシのような、小さなのもいる。体長一ミリほどの緑色の虫が、花の萼《がく》にみっしりと付いている。やはり、葉にマクドナルドのバンズの嚙み跡のようなものを付ける。これも、十一階までどうやって登ってきたのか、謎だ。あるいは空気中に、いつもアブラムシの卵が飛んでいるのだろうか。しかし、感じ方としては、「湧いた」だ。こんな風に、小さい虫がいつの間にか目の前にいると、昔の人が「生物には、親から生まれるものと、空気中から発生するものとの、二種類がある」と考えたのもわかる気がする。錬金術でホムンクルスを作ろうとした気持ちも想像できる。

虫をじっと見ていると面白い。

九十七歳まで生きた画家の熊谷守一《くまがいもりかず》は、死ぬ前の三十年ほどは自宅から出ず、庭を眺めることに多くの時間を使ったという。そのおかげで、虫や小鳥を描いた、たくさんの名作が生まれた。「蟻の歩き方を幾年もみていてわかったんですが、蟻は左の二番目の足から歩き出すんです」と熊谷が言ったという逸話も残っている。本当に蟻がそうするのかはわからないが、そんな風に捉えたというだけで、もうすごい。小さいところを眺め続ける精神を持つ人は、悠久の時間を生きている。

それから、漫画家の大島弓子さんの作品に、『サバの秋の夜長』という、エッセイ風のものがあって、その中に、大島さんが自宅のテーブルの上を歩いている死にかけの蠅《はえ》をじっと見ているだけ、という数ページがある。「末期《まつご》の水をのむかも」と、コップからひとしずく垂らすと、表面張力でふくらんだ水に、蠅が頭をつっこんで飲む。そして、「長いこと 長いこと 自分の羽をなで」てから、飛び去る。ここに、「数時間みていたので いまでは ハエのジェスチャーを かんぺきに わたしはできます」とキャプションが付いている。そして、大島さんご自身がハエの真似をしているイラストが添えられている。私はこのシーンが、とても好きだ。決して大きなことを描いていないのに、まるで宇宙の話をしているように読める。

小さなところをずっと眺めていると、宇宙に繋がる。だから私はベランダに集中したい。

②ベランダの可能性を引き出す

最初に買った植物は、ドラゴンフルーツだった。

四年ほど前、三十歳の私は、新宿のビル街にあるマンションの十階に住んでいた。新宿を選んだ理由、それは「のし上がりたい」という野心からだ。

私の作家デビューは今から八年前、二十六歳のときで、印税でようやく部屋を借りる資金を作った。それまでもひとり暮らしをしたい気持ちはあったのだが、金を作れず実行できないでいた。やっと部屋を借りた二十七歳は、一般的な独居開始年齢と比べると大分老いている。それでも、人に駅名を言ったら知らないと返される駅が最寄りの、十九平米しかない狭い部屋が、最初の城になった。そこは、幹線道路の交差点にあるコーポの二階で、うるさくて窓を開けられなかった。

二年後に引っ越した部屋も狭かった。木造アパートの二階にある1Kだ。大家さんの自宅である一軒家が真向かいにあり、ほとんど窓を開けずに過ごした。

そして、また二年経ち、三十代を目前にして、高い波が来た。仕事が上手く行った。作家の仕事はどこにいてもできるので、都心に出る必要はないのだが、なんとなくのイメージで、一度は中心地に住んでみたいと考えた。お笑い芸人さんが家賃を上げて自分を鼓舞するのを真似たかった。大枚をはたき、新宿に移ったのだった。

不動産屋さんと一緒にそのマンションを見にいき、ひと目で決めた。気に入ったのは窓だ。空がこんなに大きく見えるのか。毎日、部屋の中から太陽の昇り沈みを追えるのか。すごく嬉しいことだ。お勤めの人だったら、平日は、朝はばたばたして窓の外などゆっくり見られないだろうし、夜ならゆっくりできるとしてもすでに真っ暗だろう。休日は、お出かけするか、寝ているかだろう。サラリーマンだったら、窓がどう、というよりも、部屋の中の設備が整っているかどうかが、一番気になるに違いない。だが、私は自宅が職場だ。平日もずっと、家にいる。窓から空が見えるということは、仕事中も太陽や雲が見えるということだ。景色は特別美しくはなく、緑はなく、新宿だからといって、夜景がきれいなわけでもなかった。でも、空だけで十分、目を嬉しがらせてくれる。

それに、と私は掃き出し窓を開け、靴下が汚れるのもいとわずに踏み出した。ベランダが広い。今まで住んできた部屋のベランダは、室外機を置く出っ張りだった。小さな物干しで洗濯物を乾かせる、というスペースだった。それらに対し、このベランダは「余裕」の場所だ。「必要」ではない。非常時にドアを蹴飛ばして抜けていくかもしれないので、動線に物を置いてはいけないらしいが、それでも、小さめの家具を選べば、通路を残したまま、何か置けそうだった。ミニテーブルや植木鉢の棚を買ったら、過ごし易くなるのではないか。わくわくした。

私はすぐに、新宿のデパート内にある家具屋へ向かった。屋外用の銀色のテーブルと椅子、それから植木鉢の台を買った。

徹夜で仕事をしたあとに、ひとりでテーブルに着いて缶ビールを開け、夜がゆっくりと明けていくのを見た。

そうして新宿に引っ越したばかりのある日、作家友だち四人で沖縄旅行へ出かけた。那覇の土産物屋で見つけたのが、ドラゴンフルーツだ。十五センチほどの、ひょろりと細長い緑色のソーセージ状のものが、ビニール袋に入っている。多肉植物で、雰囲気はサボテンだ。

花屋ではなく、観光客向けのいわゆる「土産物屋」にあったので、それは元気もなさそうだったし、持って帰って育つものという雰囲気はなかった。ただ、私はすぐに購入を決めた。

理由は、当時はまっていた東村アキコさんの『ひまわりっ～健一レジェンド～』という漫画に、重要な小道具として、ドラゴンフルーツが使われていたからだ。漫画の舞台は宮崎県で、主人公であるアキコの恋の相手が植木屋さんで、その植木屋さんがアキコから託されたドラゴンフルーツを丹精して花を咲かせる。その漫画で見た限りでは、人と同じくらいの大きさまで育ち、頭に飾れるくらいの花が咲く。

「欲しかったんだ」

と言って、私は大事に鞄に入れた。友人たちは、あきれた顔をしていた。土産物屋の枯れかけの植物など、無駄な買い物に見えたに違いない。

私はこれを、ベランダ栽培の第一号に決めた。東京に帰ってから、新宿の駅ビルの中にあった花屋で植木鉢と受皿と土を手に入れ、植えた。細っこくて自立しないので、竹串で支柱を作った。

すると、面白いようにどんどん伸び始めた。竹串はすぐに意味がなくなり、割り箸に替え、次に割り箸を二本繋げ、それからきちんとした支柱に替えた。夏の日差しを浴びると、それをあっという間に活力に変えて、肉を作っていく。生命力に溢れたドラゴンフルーツだ。

「サボテンにはあまり水を遣り過ぎてはいけない」「サボテンは切って埋めると、根が生え始めるから、輪切りにしてどんどん増やすことができる」という話を、私は人から聞いたことがあった。その話を聞いたときは、私は笑って、

「そんなわけないじゃないですか」

と返した。なんだかんだ言って、生き物なのだから、水がない方が良いなんてことはないはずだ。それに、種ではなくて輪切りで増えるとは、一体どういうことか、想像もできない。

だが、ドラゴンフルーツは確かに、水はけをよくした方が気持ち良さそうで、どう

しても少なめの水分でやっていきたいようだった。それに、上へ上へと向かってしばらく伸びたあと、今度は脇芽を出し始めた。丸い出っ張りがいくつか現れた。

私はその脇芽を切って、そのまま土に埋めた。するとしばらくすると根付いた。そして、おのおの伸びていく。ひとつの個体だったドラゴンフルーツが、今や四つの存在になっている。新しく増えたものは、子どもではない。繋がってはいないが、全部でひとつのドラゴンフルーツ、という感じがする。こんな風に増えていくのを眺めていると、「人間は個人として生きている」「集団の中にいても全員別人格だ」と信じていた私の心が揺らいでくる。もしかしたら人間も、「大勢をまとめて、ひとつの生物と認識する」ということが可能なのではないだろうか。そう捉えると、「不死」という概念も身近になってくる。

ドラゴンフルーツだけでは寂しげだったので、私は鉢植えを買い足した。新宿の花屋で、ハイビスカスと、ブーゲンビリアを購入した。ドラゴンフルーツの気持ちに添うつもりで、南国出身のものを選んだのだ。

真っ赤なハイビスカスの枝は、は虫類のような形にうねる。野性味溢れる枝に支えられ、絵の具の「ビリジアン」のような色の葉を生やす。

ショッキングピンクのブーゲンビリアは、華奢《きゃしゃ》な枝と、黄緑の葉で成り立っている。花に見える美しい部分は実は萼で、本当の花は中に入っている米粒のように小さな白い部分のみなのだそうだ。確かに、ショッキングピンクの部分を日に透かしてみると、葉脈が見える。

これらは、金のない二十代前半に、東南アジアを中心にバックパッカーとして旅行をしていたとき、タイやマレーシアなどで見かけた花々で、私には馴染み深い。まっすぐに目を刺激してくる、鮮やかな色だ。落ち込んでいるときに、すぐに気持ちを盛り上げてくれる。

真夏はともかく、東京の冬の寒さに耐えられるのだろうか、と心配だったが、これらは長く持ち堪《こた》えた。秋になっても、ハイビスカスは次から次へと花を咲かせた。ブーゲンビリアにはたまにしかショッキングピンクが現れなかったが、それでも長生きした。

長生きというのはいいなあ、と思う。

たとえば、「何かを育てたい」とつぶやけば、「ペットを飼うのがいいのでは」と勧められる。だが、私は及び腰になる。

「猫は可愛いよ」

猫と暮らしている友人から聞いて、

「いいなあ、うちは猫禁止のマンションだから……」

と返す。私は本当に、猫や犬を飼ってみたい。将来的に、一戸建てを建てたときにはきっと飼おう、と思っている。けれども実際に、引っ越しのときに「ペット可」のマンションを探したことは、今までに一度もない。

これは、猫好きの友人には決して言えないことだが、私には、「自分よりも必ず先に死んでしまう存在を、側に置くのが怖い」という感情があるのだと思う。

飼っていた猫が亡くなってしまったときの友人の落ち込み方を見ると、大きな悲しみに襲われるものなのだと想像できるし、大島弓子の猫エッセイを読んでも、猫の最期のシーンの切なさは胸にせまる。

死んでしまうから飼えない、というのは大きな声で言えないし、また、言うべきでもない。だが、そう思ってしまう私がいるというのも、事実なのだ。

小さい頃から動物に親しんで生活をしてきたならば、今の私のような考え方は生まれないだろう。実家で犬や猫を飼っていた人が、「死んでしまうのが悲しいから」と言うのを聞いたことがない。飼うときに死のことを考えないのは当たり前だ。動物に対して失礼だ。そして、それでも死のときがきたら、きっちりと責任を持って看取る。悲しみも引き受ける。それが正しい姿勢だろう。

私の実家は新興住宅街の中にあって、親は、「猫は他の家に入り込んじゃう」「犬は時間に構わず吠えて、ご近所迷惑になる」と言って、飼うことを許してくれなかった。ハムスターとセキセイインコと金魚は飼っていたが、人間にとって、小動物の死と、犬や猫の死は、違うと思う。

私は自信がないのだ。責任を持って死ぬときまでつきあうことや、悲しみから立ち直ることに。

それで、私は動物を飼えないでいる。

新宿に住み始めて二年が経った頃、私にはまた、住みたい街ができた。それは、連載小説を書きながら、「ここをモデルにした街を舞台にしよう」と考えた場所で、取材のつもりで何度か行っているうちに、「そうだ、私もここに住んでみよう。新しい発想が湧くかもしれない」と、連載をちょうど真ん中辺りまで書き進めたとき、引っ越しを決めた。

そのときまで、私は二年ごとに移動してきた。どの引っ越しのときも、「ここを終《つい》の棲家にしよう」というほどの気持ちは持たず、「小説家なのだから、いろいろな場所を知っておいた方がいい」と思っていて、「大体わかったな、と感じたら、また移動しよう」という考えでいた。

だが、不動産屋をまわっても、人気の街だからか、なかなか良い物件が見つからない。この街に来た人は、一度部屋を借りると、出て行こうとなかなか思わないのかもしれない。これまでの引っ越しは、同じような物件がいくつも出てきて、その中から選ぶ、というものだったが、この引っ越しは、条件を減らして探し、なんとか出てきた別々の条件に引っかかったもの、つまり広さだけが適《かな》ったものとか、築年数だけは浅いものとか、日当たりだけが十分なものとかの中から、自分が納得できそうな部屋を選ぶ、ということになった。それも、不動産屋を十軒くらいまわった結果だ。

そして、大きな道路沿いの、マンションの三階の、北向きの部屋を選んでしまった。

その部屋は、ベランダが大きく、設備が整っていて、築年数が浅く、デザイナーズマンションで、部屋の内装はとてもきれいだったが、内見したときに、ぴんと来なかった。だが、探し疲れてしまい、もうこれ以上のものは出てこないだろう、と諦めてしまった。

引っ越して、私がまずしたことは、オリーブの木を買うことだった。というのは、ベランダの向こう側すれすれに、ちょうど電信柱があり、いろいろと飛び出ている部品や線などが見苦しく感じられたので、その目隠しをしたかったのだ。近所のスーパーマーケット内にある花屋で、オリーブの鉢植えを買い、ひとりで抱えて運んだ。ベランダに出すと、少し隠れた。しかし、部屋の中で机に座って窓に目を向けると、電線も見えるし、道路の車や人も見える。しかも、逆に外に出て、大きな道路の向こう側の歩道を歩いてみると、私の部屋の中が丸見えだった。カーテンを閉めれば良いのだろうが、窓が大好きな自分としては、それでは本当にがっかりだ。「これは、引っ越し失敗だったかも」と悔やんだ。

「北向き　ベランダ菜園」「日陰　育つ植物」などとネット検索をした。日光が少なくても育つ花や木はいろいろあったが、しかし、楽しみが制限される感じは否めなかった。

そして、夜中までずっと続く車の音を聞いた。遠くまで続いていく道路のようで、夜は大型トラックが、長距離輸送のために走っていく。私は運転をしないので道路に疎く、これがそういう道だということに、引っ越し前に気づけなかった。最初のひとり暮らしのときの部屋も幹線道路沿いだったが、窓を閉めるとあまりうるさくなかったのは、構造がしっかりしていたり、窓が防音の造りになっていたりしたからかもしれない。

数日、音に悩まされ、景色にがっかりし、一ヶ月で再び引っ越しをするという、ばかな行動に出た。

次の部屋は、ものすごく気に入った。条件を、「景観が良いこと、音がうるさくな

いこと」の二点に絞り、他のことは全部諦めた。すると、ものすごく古い物件で、設備も整っていないが、とにかく見晴らしがいい、という部屋が見つかった。この景色が毎日見られるなら、もう他には何もいらない、という気分になった。南向きで、日差しも浴びることができる。

朝には富士山が見え、昼には公園の緑が見下ろせ、夜には新宿の灯りが遠くに浮かぶ。これだ、そうだ、こういうのが私は好きなんだ。デザイナーズマンションなんて、私は求めていなかった。人に自慢できなくてもいい、この景色を見て、自己満足に浸れればいい。

それに、十一階という位置も良かった。ちょうどこの頃、富士山登山したり、エベレストの裾野を登ったりして、私は高いところからの景色が好きだと実感していた。

そうしてベランダに、オリーブやハイビスカスやブーゲンビリアやドラゴンフルーツたちを連れてきて、今の暮らしを開始した。

③ 去年に起きた、愛情の暴走

昨年の春、種を蒔きまくった。

乾いた小さな粒を手のひらに載せると、ふつふつと喜びが湧いてきた。ゴミ屑のように小さな粒に、巨大な未来が詰まっている。指の腹でなんども撫で、気持ちを高めた。

種は私の胸を苦しくさせる。たとえば、ドアの前に立ったときにどうしても開けてみたくなる心。スイッチを見かけたときに押したらどうなるのか知りたくてたまらなくなる気持ち。性の衝動にも似ている。愛しい、愛しい、と思いながら種を握りしめ、掃き出し窓を開けてベランダに臨《のぞ》むとき、私は未来に多大な期待を寄せている。これからはきっと、今までとは違う。蒔いた後は、もう変化を止められない。

蒔いたのは、朝顔、ゴーヤー、エーデルワイス、綿、コスモス、ラベンダー、アーティチョーク、除虫菊、ひまわり、ワイルドストロベリー、ミニトマト、トマト、ミニニンジン、ミニなす、唐辛子、二十日大根、しそ、キャラウェイ、バジル、チャービル、ディル、ルッコラ、レモンバーム、レモン、グレープフルーツ、キウイ、イチゴ、アボカド。

おととしは、あまり育てられなかった。

東日本大震災後の春、植物どころではない気がして、種はひとつも蒔かなかった。それまで大事にしていた鉢植えは全て、ベランダから玄関に引っ込め、水遣りなど全くせずに過ごした。ほったらかしたので枯れてしまっただろう、と思った。事実、オリーブの木は、葉が全部おちて、からからの枝のみになった。つるばらも枝だけの状態になったし、ドラゴンフルーツも茶色になった。どの鉢植えも、緑色の箇所がどこにもない状態になった。

だが、二ヶ月ほどして、またオリーブをベランダに出すと、死んだように見えていた枝から、緑の葉が吹き出した。びっくりした。葉を落としたのは、むしろ枝の中に活力を蓄えるためだったのに違いない。葉を維持すれば、どうしても体力が必要になるが、枝のみになれば、最低限の力で時間を過ごすことのみに集中でき、未来に備えることができる。今は受難のときだと察した木は、眠るために外見をやつれさせた。再び太陽を感じて生活が開始されるのを知れば、すぐに目を覚まして葉を伸ばす。光と熱と水と窒素とリン酸があれば、木は生活を再開できる。

辛いときは、葉を落として、じっとしているだけでいいのか。苦しい時期というのは人間にもあるわけだが、そういうときは、死なない、というだけで十分なのだろう。いずれ機が熟したときに活動を再開すればいいのだから、駄目なときは、今まで持っていたものを全部捨てて、黙って過ごせばいいのだ。

以前、大学時代の後輩の男の子が、激務に疲れ果てて会社を辞め、一年間ほどくすぶっていて、それから再就職したあと、「酒っていうのはものすごくいいものですよ。酒がなかったら、絶対辛かったですもん。酒を飲んで、ただ一年間を過ごしたから、自殺をしないで済んで、今また働くことができるようになった、と思っています」という話をしてくれたことがあった。それを聞いたときは半信半疑で、いや、酒って弱めの麻薬みたいなものでしょ、私もアルコール好きで酒の恐ろしさは知っている、弱っているときに頼るなんて危ない、一歩間違えれば依存症になってしまうのに……、と首をひねった。だが、植物の生き延び方を知った今、それも一理あるのかもしれないと考え直した。時間が過ぎるのをただ待つしかない、というシーンが誰の人生にもある。その時間を過ごす際、普段と同じ状態を維持するのが困難ならば、一旦は眠り、「いいんだ、いいんだ、今はじっとしているだけでいいんだ。何もしなくていいんだ。じっとしているだけでいいんだ。何もしなくても、いつか生活を再開できるときがくる」と信じ続けるのが、きっと大事なのだ。

つるばらも、ベランダに出すと数日で、細かい葉っぱが吹き出した。しばらくすると、薄ピンクの花をつけた。他の小さな鉢植えたちも、多くが生き返った。

ただ、ドラゴンフルーツは、長い間変わらなかった。茶色いまま、ところどころに黒い斑点をつけたり、紫色になったりしていて、どう見ても死んだ姿だった。元気だったときはあんなに丈夫で、どんどん伸び、脇芽を出し、増えていったのに。太陽に当てれば変化があるか、と思ったが、三ヶ月ほどはそのままの状態だった。これはもうさすがに終わりだ、そう思って悲しんでいたのだが、夏に入った途端、脇芽を出した。もとの株はそのあと完全に死んでしまったので、脇芽から育て直すということになり、小さな個体になってしまったのだが、しぶとく生命を繋いだ。

折しも、世間で節電が意識されるようになり、「グリーンカーテンを作ろう」という新聞記事が出た。窓にネットを垂らし、ゴーヤーや朝顔などのつる性の植物をそこに這わせるのだ。日光を遮断することによって室内の温度を下げ、冷房の使用を控えよう、というわけだ。私がそれを知ったときにはすでに夏が始まりかけており、種から大きくするのが間に合いそうになかったので、近所の花屋でゴーヤーの苗を三つ買ってきた。それを、細長いプランターに植え、窓からネットを垂らして、這わせていった。グリーンカーテンについてはまた稿を改めて詳しいことを書くつもりだが、これはあまり上手くいかなかった。カーテンらしくはなったのだが、きちんとした実がならなかったのだ。

ともあれ、私は味をしめた。栽培の楽しさを再認識した。やがて寒くなり、することがなくなってしまったので、暖かくなったらあれをやろう、これをやろう、と夢見ながらベランダから曇り空を眺め続けた。そして真冬、プライベートでがっくりと落ち込む事件が起こり、私は現実が大嫌いになってしまった。まさに、布団にくるまって休眠状態になった。

やっとやってきた春、私はこの項の冒頭に書いたたくさんの種を、インターネットショップで買い集めた。

「ジフィーセブン」という、水を注ぐと膨らむ、ひと株用の土に三粒埋める。あるいは、土に埋めると土に変わるという小さな植木鉢のような器に、三粒埋める。あるいは、種まき用の浅いビート板に土を敷き、指で等間隔に穴を開け、三粒ずつ落とす。

芽が出てきたあとに、間引きをして、ひとつの場所にひとつの苗が育つようにした。この、「育つものを選ぶ」という神の作業を自分がするのは、本当に苦しい。野菜の苗ならば、間引いた芽をサラダにしたり炒めたりして食べれば、意味のある作業と捉えることもできる。だが、花の場合は捨てるだけだ。それも、庭での作業だったら、土に埋めるなり、地面に放っておくこともできるだろうが、ベランダでのことだから、ゴミ袋に入れるしかない。他の芽のために、ただ身を引くだけという哀れな存在だ。

私は仕事もせずに、何時間でもベランダを眺めていた。

どうしても仕事が発表できなかった時期に、周囲から「何をしているのか？」と聞かれたが、ベランダのテーブルか、あるいは仕事場の机の前に座って、ぼんやりと外

や植物を眺めていた。

さぼってテレビ番組を視聴したり、音楽に耳を傾けたりしているのではないか、と他人からは思われていそうだったが、ちょうどこの時期にテレビがデジタル放送に移り、もともと「テレビがあると、時間がどんどん取られて嫌だな」と感じていた私は、それを機にテレビから離れることを決心し、デジタル対応のものへの買い替えをせず、全く観なくなった。十代二十代はお笑いが大好きで、「この先もずっと、最先端のお笑い芸人を追っていく」と思っていたのだが、今は雑誌で知ったり、たまにユーチューブを覗いて笑うくらいで、十分だ。音楽も、「おばあちゃんになっても、音楽雑誌を買い続ける」と思っていたが、ミュージシャンを追いかけたい欲も薄れた。相変わらず、笑いも音楽も好きは好きなのだが、流行を追うのは諦めた。

私は無音の部屋で遠くの鉄塔を見たり、ベランダでただ土の中の小さな芽を探したりして、年を取っていった。孤独や退屈はまったく感じなかった。

嫌なことが起きたとき、あるいは考えたくないことがあるとき、やらなければならないことができなくて逃避を企《たくら》むとき、私はできるだけ時の流れをゆっくりにしたい、と思う。人によっては、辛いことを凌《しの》ぐために、時間が猛スピードで過ぎるような行動を取ることもあるだろう。皆でお喋りしたり、酒盛りをしたり、ゲームをしたり、ジェットコースターのようにページを捲《めく》れる小説や漫画を読んだり。でも、私は逆だ。とにかく、できるだけ退屈に近いことをして、ゆっくりと過ごしたい。何事も起こらない内容の小説や漫画を読むことも好きだ。こういった私の嗜好が、園芸に向いていたのだろう。

春に蒔いた種は、大きくなったものもあり、枯れたものもあった。夏から秋にかけて花や実を付けたものもある。五月には薔薇の苗を四つ購入し、ベランダは賑やかになった。私の心は、植物たちのおかげで、随分と和らいだ。

さて、最後に、冒頭に書いた種のその後を、記しておく。

まず、朝顔はよく育った。グリーンカーテンとして窓を覆い、明け方には青い丸い花が咲いた。

それから、ゴーヤーは、昨年の失敗をふまえ、プランターを大きくし、肥料をたくさん与えたら、実がなった。

エーデルワイスは、野菜の入っていた発泡スチロールに土を入れて種を蒔いたところ、たくさんの芽が出たのだが、植え替えのタイミングが遅すぎて、多くが枯れてしまった。ひと株だけ、鉢植えに移したものが元気になったのだが、それも夏を越すことができず、花が咲くにはいたらなかった。

綿は直径二十センチの鉢植えに分けて育てて、三つ作ったのだが、二つは枯れた。だが、ひと株だけ、期待通りに大きくなり、秋に可愛らしい実をつけた。雲のようにふわふわのものが弾け出し、それを摘んでドライフラワーにし、クリスマスリースに挿して、部屋のドアに飾った。

そして、コスモスは、これはもう完全に失敗した。小さめのプランターに直蒔《じか》きして、おそらく間引きをしなかったのと、底が浅かったせいだろう。根がはらず、養分が行き届かなかったのに違いない。枯れてしまった。私は九月生まれなので、誕生日の時期に咲くコスモスには子どもの頃から愛着があり、秋風に揺れるところを見たくてたまらなかったので、非常に残念だ。

ラベンダーは、芽がたくさん出た。有名なハーブだし、香りが良さそうなので欲しかったのだが、やはり難しかった。多くは育たずに枯れてしまった。ただ、寄せ植えを作ろうとしたプランターに、ひと株だけ生き残っていて、これは冬を越した。今は二十センチほどの大きさになり葉を付けている。だが、花は一向に咲かない。

アーティチョークは、虫だらけになった。西洋の小説の中によく登場するし、名前の響きが良いので種を買ったのだが、思うように育たない。食用にもできるのではないかと思うが、どのように料理するのかは想像もつかない。あげく、アブラムシがびっしりついて、かなり気持ちの悪い姿になった。水攻撃で撃退したり、食べるのを諦めて弱めの殺虫剤を噴射したりして、なんとか持ち堪えさせた。冬を越し、寄せ植えプランターの中で、ラベンダーの隣に二株、今も揺れている。細長い葉が伸びるのだが、土に付くと枯れてしまうようなので、支柱をつくって、リボンで結び、ほうれん草のような形にしている。雑誌などに載った写真を見ると、この真ん中に高く茎が伸びて、紫色の丸い花が咲くようなのだが、その気配はまったくない。

除虫菊は、名前が良くて気に入った。虫を撃退してくれるのではないかと思ったのだが、どうやら私が買った種類のものに除虫効果はないらしい。蚊取り線香のもとになる種類もあるらしいのだが……。面白かったのは、発芽に温度差が必要ということで、濡らしたティッシュに種を挟み、それをジップロックに入れて、冷蔵庫にしばらく入れたことだった。そのあとに土に蒔いたら、たしかに芽が出た。しかし、それも生育の途中で全部枯らしてしまった。

ひまわり、これはとても小さな花が咲いた。弱々しい花が五つ、あまり夏らしくない風情だった。ひょろひょろしてしまったのは、プランターが小さかったからに違いない。

ワイルドストロベリーは、種が胡麻粒のように小さい。それで、卵パックに土を入れて育てたのだが、これも育たなかった。

ミニトマトとトマトは実をつけた。ただ、剪定《せんてい》と、支柱を挿すのと、誘引して伸ばしたい方向へ導くのとが後手にまわったので、変な形になった。それと、欲を出してプランターに何株か植えたのが、良くなかったと思う。今年は再チャレンジして、間引きしてひと株にし、もっと上手く育てたい。

ミニニンジンは、小さなものがいくつかでき、野菜スティックとして、朝食にした。

二十日大根は、いわゆるラディッシュで、本当に二十日ほどで生長した。ただ、ものすごく形が悪かった。サラダにして食べた。

ミニなす、唐辛子、キャラウェイ、ルッコラは、虫の被害に遭い、死亡した。しかしそ、バジル、チャービル、ディル、レモンバームは、完璧だった。いわゆる育て易いハーブで、匂いが強いせいか、虫をまったく寄せ付けず、どんどん大きくなった。何度も食卓に並んだ。

レモン、グレープフルーツ、キウイ、イチゴ、アボカドは、種として買ったものではなく、スーパーマーケットで購入した普通の果物の、食後に残ったゴミを埋めた。これらは意外に強く育っていて、冬も越した。実がなるまでに数年かかるものばかりだが、小さな苗が今もベランダにある。

④時間を超える種

今年も種蒔きの季節がやってきた。期待で指が震えてくる。種は実に面白い。私はミニチュアの靴や食器を集めるのが趣味で、海外旅行へ行った際にそういった雑貨を見つけては土産にしているのだが、種もとても小さいから、ミニチュアに対するものに似たわくわく感がある。手のひらに載せたときの、「こんなに小さいのに、多くのものがつまっている。精巧なものなんだ」という驚きと賛嘆。埋めたら、太陽や水に感化され、宇宙のルールに従って大きくなっていく。蒔く、という行為には、「自然界にコミットする」という、他者との交わりの嬉しさがある。最初は個人的な収集作業で、そのあとに自分ひとりの世界から抜け出るというわけだ。育っていく中での、葉が伸びたり、花が咲いたりというのも大変面白いのだが、種から芽が出るという大きな変化のそれにはかなわない。天気の良い日に、「芽が出るかな」と思いながら、指で土に穴を開け、種を押し込み、爪の間に入った土を洗い流すときの気持ちの良さったらない。

インターネットショップのウェブサイトを開き、春蒔きの野菜や花の種を選んだ。それと、昨年に蒔き切らなかった、残り物もある。ただし袋の裏に有効期限が印字されており、確認すると、ほとんどのものが期限切れだった。どうやら、購入時から半年ほどしか発芽は保証されないものらしい。それでも埋めれば芽は出るのではないかと考え、これらも蒔いてしまうことにする。

三月初めから五月の初めにかけてが「蒔き時」という種が多いようだ。わけても、「桜の開花時期に合わせて」に集中している。私は三月末から蒔き始めた。今年の春は暖かいようで、例年よりも一、二週間、桜が咲くのが早いらしい。焦ってきた。ベランダで作業をしていると、借景として公園の桜が見える。十一階なので、そう大きく花が見えるわけではないのだが、花びらが舞い上がってくるのがすごくいい。桜の花びらというのはものすごく軽いものなのだろう。十一階のベランダまで、風に吹かれてかなりの数が舞い上がってくる。あまり風の強くない日でも、目を凝らすと、空のあちらこちらにくるくる回る花びらがある。

気がつくと、コスモスを蒔いたプランターの上に、花びらが一枚、落ちている。本当に美しく、宝石よりもきらきらしているように感じられるが、すぐに傷んでしまうから、こういったものでアクセサリーを作るのは子どもだけだ。

コスモスの種は、昨年購入したものの残りだ。昨年のは失敗して、ひとつも咲かなかった。有効期限の切れた種だが、芽が出たら今年は頑張りたい。

実は、三年ほど前にもコスモスを蒔いたことがある。そのときは、今よりももっと知識がなく、コスモスの花を見たいな、と思った時期に蒔いた。秋の花の種を秋に蒔いたのだ。当然、育たなかった。花壇作りは、半年先を考えて種を蒔かなくてはならない。もともと、植物は人間よりもゆったりした時間を生きている。たとえばアスパラガスが収穫できるのは三年後だという。また多くの果物は実がなるまでに数年待たなければならないから、もっと先を見て行動することになる。ベランダではなく畑で栽培している人は、土作りを意識して、何を育てたあとに、何を育て……、と連作障害が起こらないように数年先の土を考えながら作っているはずだから、もっと長い時間を想像して動いている。刹那的に生きる人には向かない作業だ。

植物には、人間の時間感覚とはまったく違う、ゆっくりとしたものが流れているようだ。幸田《こうだ》文《あや》の『木』という名随筆がある。文が全国津々浦々の木に会いに行って文章を書くという、本当に木のみで成り立っている本だ。木は百年単位、屋久杉なんて千年単位で生きていて、人間の頭では把握できないような時間を過ごしているらしい。

それから、以前にこの「ｗｅｂちくま」で私が連載していた、いろいろな人に会ってエッセイを書くという『男友だちを作ろう』の中で、石川直樹さんが種にはまっているという話をしてくださり、そのときに、種の開発には数十年かけるものだから、すぐに結果を求める現代人の感覚とは違う、というようなことをおっしゃっていた。

植物に触っていると、絶対的なものと信じきっていた、自分の持っている、一秒、一分、一時間の時間感覚が、実は相対的なものだと気がつく。たまたま人間に生まれて、日本の、それも首都近郊の文化で育ったために、この感覚で生活しているが、もしも植物として生をうけていたら、あるいは他の動物だったら、または別の国で生まれた人間だったら、こんな感覚では時間を過ごさなかったに違いない。三十分遅刻したら社会人失格、というような感覚も、おそらく日本にしかないもので、もちろん日本社会で生きていこうと考えるならば守るに越したことはないが、しかしたとえ日本における社会人失格になったとしても、人間としては、生物としては、全然失格ではないということを、忘れないでおきたい。

新しい種が届く前に、昨年の残りの種を蒔いてしまう。ビート板へ、昨年の土に「復活剤」を少し混ぜ込んだものを広げる。初心者は水と太陽のみでも、植物が育つと思いがちだ。私も初めの頃は、土ならなんでも良いのだと考えていた。だが、土作りは最重要項目だ。日当たりよりも大事かもしれない。鍋においては昆布の質が肉の質よりもおいしさを決める、という感じか。植物にとっての口は、葉と根と、二つある。日光を受ける葉。それから、水分、窒素、リン酸、カリなどの肥料を吸い込む根。その両方の口を満たさなければならない。

ここ数年、適当に種を蒔いて育てては枯らし、だんだんと土の重要さに気がついてき、昨年にやっと、良い土というのはどうやって作るのか、インターネットで検索して調べた。赤玉土、黒土、腐葉土、ピートモス、バーミキュライトなど、見慣れない土の名を目にし、ふうむ、と思って近所のホームセンターへ行って買い揃えた。植物の種類によって、「どの土とどの土とどの土を、○対○対○で混ぜ込んで作るとよい」という「お勧め」がある。水はけが良い方が適している植物もあれば、逆に水分を好むものもあるし、豊富な栄養分が必要な植物もあれば、逆に栄養過多だと枯れてしまうものもある。そんなわけで、種の特性に合うようにブレンドするのだ。ただ、狭いベランダで小さなプランターに、何割、何割、と作るのが非常に面倒で、これに神経質になると園芸が嫌いになってしまいそうだと私は感じたので、途中で断念した。今は適当に済ませることにしている。「このまま使えます」と謳っている「花と野菜の土」に、それぞれの植物に合った肥料をプラスしたり、花だったら除虫剤も混ぜたりする。ただ、薔薇だけは、これ専用の土をいろいろ混ぜて作っている。

種蒔きには、あっさりした土が向いているらしい。

昨年は、種蒔き専用の土を購入した。その土を見る限り、種から芽が出るときには、あまり栄養分のない、水はけの良い土が理想のようだった。

種蒔き用土を毎回買うのが良いのだろうが、それでは経済的に負担なので、今年はあっさりめの土を適当に用意することにした。昨年の残りの土に「復活剤」を混ぜ込んだものか、または「花と野菜の土」か、あるいは「ジフィーセブン」で行こうと思う。

ここで、「復活剤」の説明をする。一度なんらかの植物を育てたあとにプランターに残っている土は栄養分が抜けてスカスカで使えないため、そこに栄養を混ぜ込んでもう一度使えるようにしよう、というものだ（これもホームセンターで売っていた）。真新しい土にはかなわないだろうが、再利用できる。昨年の土を全部捨てるのはもったいないし、差別のようでかわいそうではあるが、そこまで良い土でなくても育ちそうなものや、強い力で芽を出しそうな種には、この方法で作った土を与えることにする。

また、「ジフィーセブン」というのはどういうものかというと、購入時は直径三センチ、高さ一センチほどの円盤状のもので、これに水を吸わせると、高さが十倍ぐらいに膨らむのだ。種を蒔くと、ポット苗のようになる。その後の植え替えが楽だ。掘り起こして根を傷つけることなく、そのまま丸ごとプランターに埋められる。「とにかく廉価なもので園芸をやりたい」と思う人には向かないだろうが、私は昨年使用して「ものすごく便利」と感じたので、今年はインターネットショップで大量に購入した。

昨年はポットで苗を育てたり、ビート板で育てて間引いてから移植したり、いろいろしたのだが、植え替えをした途端に枯れてしまうものが多数あった（ちなみに、ポットとはごく小さい鉢のようなもの、ビート板というのは種蒔き用の浅いプランターのようなもののことだ）。根が傷ついたり、環境が変化したりするとすぐに弱ってしまう種類がある。しかし、「ジフィーセブン」では、移植で枯れたものがなかった。まあ、これは私の場合なので、すべての人にお勧めできるわけでもないのだが……。

種の袋の裏に、直蒔きがよいか、ビート板に蒔くのがよいか、ポットに何粒か入れるのがよいか、いろいろとおすすめのやり方が書いてあるが、数年蒔いてみて、「園芸感覚」が研ぎ澄まされると、なんとなくわかるようになってくる。私もまだ、その「園芸感覚」は十分には持てていないのだが、数年前よりは少しわかってきた。初心者だったときは、なぜ直蒔きでなくポットに蒔いて、ある程度育ててから植え替えたほうがよいのか、いまいちわからずに、大概直蒔きしていたのだが、そうするとやはり、育ちが悪い。

私の考えが合っているかわからないのだが、その根っこにぴったりの大きさの鉢かプランターでないと、ちょうど良い水分の具合を保てない、ということなのではないだろうか。水というのは、毎朝同じだけ遣ればよいというものではなくて、土の表面が湿っていれば遣らず、乾いていれば鉢の中の土全体がちょうど良く湿るように、遣り過ぎないように注意しながら遣る、という風にする。大き過ぎるプランターに、小さな根っこがある場合、水遣りが難しい。そのため、生長に合わせて少しずつ、大きめの鉢やプランターに移していくのだ。

種は、細かいものだとそのままパラパラと蒔くこともあるが、大概はひと晩水につけてから埋める。その水に「メネデール」という活力素をひと垂らしすることもしている。これは、芽を出すにあたっての活力を与えるものではないかと思うのだが、インターネットショップでも、ホームセンターでも売っていて、それほど高価ではないので、私は大きめのひと瓶を持っている。このように垂らしたり、種を蒔いたあとの水遣りのときに希釈して使ったりしている。

そして、この時期に私がたくさん集めるのが、卵や野菜や豆腐のパックだ。プラスティックのゴミを、捨てないで大事にとっておく。種を種類ごとに水につけるのにも使うし、土を入れてミニプランターにすることもある。「ジフィーセブン」も、種類ごとに置いておかなければわけがわからなくなるので、それぞれパックに仕分けする。

まず、水はけが悪くてはいけないので、パックの底にワインオープナーで穴を数カ所開ける（錐《きり》があればいいのだが、私は持っていないので）。それから、壁の部分にハサミで切り込みをいれ、ネームプレートをさす（ネームプレートは、ホームセンターで安く売っている。名前と、蒔いた日付だけでもメモしておかないと、ごちゃごちゃしてしまう。最初の頃は厚紙を切ってネームプレートを作っていたのだが、水に濡れると溶けるし、土に挿すと腐る。プラスティック製の破片を切って作って油性マジックで書いても、雨や風で飛んでいくのか、いつの間にかなくなるため、購入したものが一番だ、という結論になった。また、ここに書き込むのを、私は黒のマジックではなく、サイン本を作るときに使用する金色のマジックを使っている）。

昨年は卵のパックでワイルドストロベリーを育てたり、豆腐のパックでラベンダーを育てたりしたのだが、あっという間に大きくなり、根がはらずに枯れてしまった。小さな芽を移植するのは難しいので、卵のパックほどのミニプランターで育てられるものは限られるのだろう。

今年使ったのは、もっぱら「ジフィーセブン」ケースとしてだ。ひと晩ふやかした種を、翌朝、何粒かずつ、「ジフィーセブン」に埋める。あるいは、ビート板にばらまくか、直蒔きする。ディル、パセリ、パクチー、ミント、バジル、ガーデンレタスなどのハーブ類は、ハーブ用のミニプランターに直蒔きした。芽が出たあとの大きさ

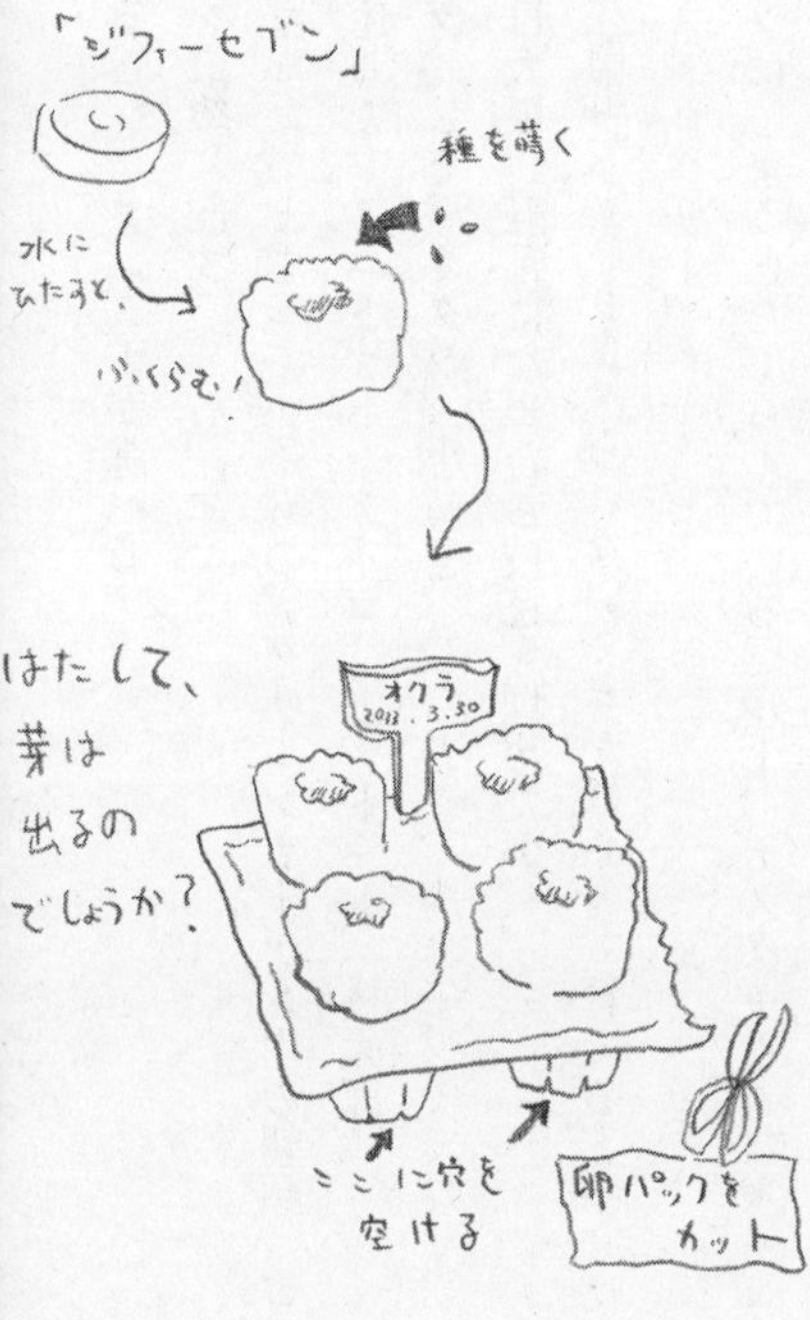
「ジフィーセブン」
種を蒔く
水にひたすと、
ふくらむ！
はたして、
芽は
出るの
でしょうか？
オクラ
2013.3.30
ここに穴を
空ける
卵パックを
カット

を想像できるようになると、プランターが選べる。

この春、蒔いたものを最後に記す。

まず、私がメインに育てたいと思っているもの。グリーンカーテン用の朝顔、ゴーヤー。昨年も料理に重宝した、ミニトマト「アイコ」と、トマト「桃太郎」。

その他の野菜に、ニラ、しそ、オクラ、小ねぎ、ししとう、唐辛子、ミニなす、ベビーキャロット、二十日大根。五月になったら枝豆も埋めたい。

鑑賞用に、「おもちゃ南瓜」という食べられないミニかぼちゃ、育てると幸せになるという噂のワイルドストロベリー。

コンパニオンプランツにしようとたくらんでいる、ルー、ナスタチウム、ペチュニア、ボリジ、カモミール、チャイブ、スイートマジョラム。あと、冷蔵庫にあったニンニク。

花は、「ファリナセアストラータ」というサルビア、「ゴッホのひまわり」というひまわり、ポットマリーゴールド。

それから、球根で、香りが良いというチューベローズ、「黄金の星」という名のダリア。

昨年の秋にハワイへ旅行して買ってきたマカダミアナッツの種も埋めたが、これはあまりにも固いし、芽が出る可能性は低いと思われる。

収集欲にかられてたくさん集めてしまった。今まで育てられなかったのは場所が狭いために根が張らなかったからだ。わかっているのに、狭いところに埋めてしまった。宇宙の法則に従って淘汰されるものがたくさん出るに違いない。

⑤コンパニオンプランツとは

ベランダ栽培に関する本をパラパラ捲っていたときに、「コンパニオンプランツ」という言葉に出会った。人の心をくすぐる響きを持っている。

「コンパニオンプランツ」とは、「一緒に植えると相性が良い」とされる植物の組み合わせのことだ。「共栄作物」とも言う。同じ土に植える、あるいは近くに植えることによって、互いの、あるいは一方の、生長を促進させたり害虫を忌避したりできるという組み合わせがあり、伝統的に混植が勧められてきたそうだ。エダマメとナス、イチゴとボリジ、ししとうとしそ、かぼちゃとネギなどがお勧めのカップリングとして、インターネット上の様々な記事を見ているうちに浮かび上がってきた。一番有名なのは、トマトとバジルのカップルらしい。それを知った昨年、さっそく私はトマト（桃太郎）とミニトマト（アイコ）の脇に、バジルを植えた。こうすると、「トマトの味がおいしくなる」そうだ。しかし、それが何故なのかは、わからない。「おいしくなる」という効果も漠然としている。それでも、「良いらしいよ」という噂を聞くと、やらずにはいられない。収穫したトマトはそれなりに美味だったが、バジルのおかげでおいしくなったのかどうかは、比べられる他の苗やこれまでの経験を私は持っていないので、判断できない。しかし、なんとなく、今年もトマトを育てるからには、また側にバジルを植えよう、と考えてしまう。

インターネットで「コンパニオンプランツ」と検索すると、たくさんの記事が上がってくる。園芸、農業に関わっている人のほとんどが知っているような、有名な言葉らしい。ただ、そのどれを読んでも根拠は曖昧で、まるで噂話のように感じられる。きちんと「この組み合わせが良い理由」を書いているサイトが、ほとんど見当たらない。また、たとえば、イチゴとニンニクの組み合わせは良い、とする意見もあれば、イチゴとニンニクを一緒に植えると互いに生長を抑制してしまう、という文章もある。まるで、占いのようだ。「バジルはトマトのコンパニオンプランツです」という文は、「乙女座は蟹座と相性が良いです」というような恋占いを想起させる。

根拠がなくても、とりあえずお勧めの組み合わせで植えてみたくなる理由は、「たとえ効果が現れないとしても、やって悪いことではないから」ということがある。植物を育て始めると虫に泣かされることがあまりに多いので、「なんとかしたい」という欲が膨らんできてしまう。そして、大方の人が私と同じ気持ちなのではないかと想像するのだが、「しかし、家庭菜園をやるからには、できたら農薬は使いたくない」という思いも同時に持つ。この「農薬を使いたくない」というのも、知識を総動員したり、いろいろ考えたりした結果ではなくて、使わない方が良さそうな気がする、という漠としたものだ。「一部の特殊な農薬は、体に害を与える」というのは、人体に影響が出たという新聞記事がときどき出るから確かだろう。しかし、新聞レベルでは安全とされている農薬もたくさんあるのだ。ただし、その「安全」というのは、「現時点では、人体への影響が確認されていない」というだけのことだ。未来には悪影響が発見されるかもしれない。そうなると、文系頭の私は思考停止状態になり、「じゃあ、よくわからないけれども、農薬は全て、なんとなく怖いから、避けたいな」と安易に考え始める。自分の頭でしっかり吟味した意見というよりは、「だって、世間的に、農薬ってもの全般、なんとなくNGな雰囲気になっているんでしょ?」という気分なだけだ。私は、「断固農薬に反対する」とはどうしても言えない。「なんとなく避けたい、でも知識もないし、農家の人たちの大変さもわかっていないから、大声は出せない」と思う。人には言えない、でも自分でやることは、せっかくだから、無農薬でやってみたい、ということなのだ。農薬は、「効果があるのは確かだが、悪いかどうかはわからない」。生活をかけて仕事として植物を育て、他人に届けるものだったら、効果を優先させるのが当たり前だが、自分の趣味で栽培し、自分で食べるのだったら、先程書いたような「農薬イメージ」を持っている自分としては、使いたくない、それ以外の方法を探りたい。「コンパニオンプランツ」という言葉は、この欲望に食い込んでくる。

虫には本当に手を焼いている。十一階にある私のベランダに虫が湧くということは、空気というものの中には常に虫の卵が入っているのではないか。息をしているときに知らずに虫の卵を吸っているのではないか。ぞっとしてしまう。気がつくと、茎にびっしり、緑色の小さな粒々が付いている。近くに置いておいても、種類によって、わんさかアブラムシが付くものと全く付かないものがあるということは、おいしいおいしくないというだけでなく、成分が全然違うのだろう。腕に鳥肌を立てながら、小さい鉢植えだったら手で持って傾け、強い勢いで水をかけ、流してしまう。それでも残るものを、爪楊枝でちまちま取り除いていく。あまりにたくさんついてどうしようもないものは、他の植物へ引っ越して行かないよう、と丸ごと捨ててしまう。野菜だったら、食品成分由来の薬をかけてみる。自然界においては虫がいても上手くいっているのだろうから、気にしなければいいだけかもしれないが、狭いベランダで丹精込めて作っている薔薇や、自分の口に入れようと思っている野菜の、生長を阻まれるのは本意ではない。その他、青虫や毛虫が現れることもある。「ぎゃー」と叫びながら、退ける。私程度の規模の園芸でこれほど手を焼いているのだから、大きな畑で野菜を作っている農家の人にとっては、除虫作業はたいへんな労働であるのに違いない。

ニラやネギについては、園芸の本に「害虫を忌避する」と説明が添えられていることが多い。「コンパニオンプランツ」としても有能で、いろいろな植物のパートナーとして紹介されている。そのため、虫など付かないのだ、と私は思い込んでいた。虫避《よ》けだ、とニラとネギは大事に育てた。ニラは購入した種を鉢にばら蒔き、ネギはスーパーで買って食べた小口ネギの、下の方に根っこの残った、普通なら捨てる部分をプランターに植えて、栽培していた。ネギはあっというまに伸びた。味噌汁に振りかけたり、冷や奴にのせたり、実に便利だ。切っても切っても、日光に当てればすぐに元通りに生長するのだった。しかし、ある日、ニラにびっしりと黒い粒々が付いた。どう見てもアブラムシだ。他の植物によく付いている緑色のものよりも醜悪に感じられる。匂いがきついから虫から嫌われているんじゃなかったのか。私は裏切られたように感じながら、虫の蠢《うごめ》くニラを丸ごとゴミ袋に入れた。その後、この虫は、重宝していたネギの鉢に引っ越してしまい、ネギも捨てることになった。ニラとネギ専門の黒い虫がいたのだ。

また、虫のこと以外にも、「なかなか生長しない植物が、一足飛びに大きくなったら、どんなにいいだろう」という夢がある。「収穫して料理したら、すごく楽しいだろうな」「花が咲いたら、切り花にして食卓に飾るんだ」と、種を蒔きながら人間本位の野望を抱く。だが、実際にそこまでいくのには数ヶ月かかるものがほとんどで、その間に枯れてしまったり、実が変な形になったりする。何か、自分のあずかり知らぬ存在が、植物に影響を与えて、きれいに育つものと育たないものを決定しているのではないか。その神的なものを出し抜いて、上手いこと生長させたい。それも、薬品を使うようなずるいイメージの方法ではなくて、組み合わせで魔法が起こるような美しいイメージの方法を取りたい。それは、「自分自身は勉強も努力もなかなかできないけれど、結婚さえすれば幸せになれる」という考えにも似ている。そんな安易な欲望に、「コンパニオンプランツ」という発想が、ぴったりはまってくる。

インターネットを検索して調べていくと、「コンパニオンプランツ」は伝承農法に由来し、農家の人たちが古くから行ってきたことであるようだ。多くの人が行い、「どうもそうらしい」という統計学的な判断で今日まで伝えられてきた。植物というものは、地域の特性や、その年の天候や、もともとの種が持っていた個性など、複雑な理由が絡まって生長するから、実験として「コンパニオンプランツ」を育てても、証明した、と言い切るのは難しいようだ。

証明はできないが時代を超えて多くの人に信じられてきたこと、というのは、おばあちゃんの知恵袋のようなものにも似ているし、宗教のようなものとも捉えられる。「誰々が言っているから、そうなのかもしれない。自分では根拠を理解できないけれど、人の言っていることを信じてみよう」。この考えは決して悪いことではない。だって、世界の全てを自分ひとりで理解するなんてこと、できるわけがない。わからないままで、様々な選択をしながら人は生きなければならない。「その人の意見を選んだのは自分だから、自分で責任を持とう。意見を言った人を、あとになってから責めてはいけない」という覚悟があれば、信じるのも悪くない。

以前、大学時代の先輩が、

「『子どもを産むまで女は大人になれない』と、うちのおばあちゃんが言っていたよ。だから、私も子どもを産みたい」

と教えてくれたことがあった。その科白は、その「おばあちゃん」の経験則に基づいたものだろう。実際の人生の中で、「おばあちゃん」が強く実感したことに違いない。「おばあちゃん」を信じ、「おばあちゃん」と似た人生を求めようと考え、その価値観で自分の人生を築いていき、人と触れ合っていくというのは、決して悪いことではない。そういう人生も素敵だろうな、と思う。これまで多くの女性がそういう科白を信じて成長し、幸せになった事実がきっとある。女性が職に就く風潮がなく、二十代前半で多くの人が子どもを持つ時代だったら、大きな問題が見つからなかったのではないか。子どもを持つことができない少数派の女性もいたはずで、彼女たちは傷ついていただろうが、社会を維持するために、多数派に馴染む言葉が使われた。こういう言葉は人気があって、これまでいろいろな人が使ってきたに違いない。「だって、おばあちゃんが言ったんだよ」「人生の大先輩が言ったんだよ」「大好きな家族が言ったんだよ」。私は他の場所でも、この科白に似た言葉をたびたび聞いてきた。言い返せない、と思ってしまう。間違っていない、何も意見は言えない、でも、私はこういった科白を聞くのが辛い。

あるとき、同い年の結婚したばかりの友人が私の家に遊びにきて、

「お母さんが孫を欲しがっているから、お母さんのために赤ちゃんを産んであげたいなって思っているんだ。自分としては、まだまだ自由な時間を味わいたいんだけれど……」

という話を二時間ほどして帰っていった。この友人とは長いつき合いで、ものすご

く優しく、可愛らしい人で、いつもは好きなのだが、このときの私は、いらいらしてしまった。その友人から、「最近、会社を辞めて時間ができたから、遊ぼう」と誘われた時点で、「あのう、私は確かに自宅にいて、自分でスケジュール管理をしている。とはいえ一応、私の方は仕事をしている身なのだが。二時間の空き時間を作るためには、他の時間に仕事を詰めなければいけないのだが」というもやもやを抱いてしまっていたということもあるが。それでも、「私、最近、子どもが欲しくなっちゃってさあ……」という話が二時間だったら、聞き甲斐があるのだ。「うん、うん」と思うし、「なるほど、〇〇ちゃんは、そういう風に考えたのか」と頷くし、「でも、私の場合は、こういう風に考えるけどなあ」という意見も言う。面白いし、一緒に考え事ができる。だが、「お母さんがさ……」という話だと、何も言えない。友人のお母さんのことは批判できない。「お母さんのために」という話に際して、友人という立場から言えることなんてあるだろうか。

「私の場合は、『子どもを持つことを大人』として生きていきたいという考えを持っているから、子どもを持てるように頑張るんだ」「私は子どもが欲しいから、授かったらいいなって思っているんだ」という科白だったら、聞いていて清々しいのにな、と思ってしまう。「おばあちゃんが言ってたんだけれど……」「お母さんが言っていたんだけれど……」と話す人は、性質の優しい、たおやかな女性であり、モテそうな感じもする。人としては申し分のない方が多い。批判はできない。もし批判したら自分が嫌な奴に見えてしまう。だが、自分の心の内はもやもやする。

私自身が、三十四歳にして、まだ子どもを持とうというところに行けていないので、こういった話に敏感ということがあり、これらの科白に「うーん」と思ってしまうのかもしれないが、しかし、主語を「私は」「私が」にして喋る友人たちの言葉は、自分とは全く違う意見でもいらいらすることがないので、やはり私にとってのポイントは、「おばあちゃんが」「お母さんが」と話すところにあるのだと思う。他人の考えに依存している感じが、好きになれないのだ。

正しいか間違っているかの問題ではなく、単純に好き嫌いのレベルの話で、私は、「おばあちゃん」とか「お母さん」とかの価値観をそのまま自分に引き継いで生きることに嫌悪感を抱いてしまう。

世間からは好かれない考え方だと思うが、私は、今まで生きてきて、上の世代の人たちが言うことや、祖父母や、父母や、夫の意見を、全面的に信じたことが一度もない。失敗しても、世間からバッシングされてもいいから、自分の一存で人生の選択をしたいと思う。とはいえ、この「自分の考え」というのも、多くの人から影響を受けて作ったものなので、完璧にひとりっきりの考えではないのだろうが。しかし、知らず知らず誰かの意見をなんとなく信じてしまったときは、自己嫌悪に苛まれる。人に影響されたとしても、「自分で考えた感」を持ちたいのだ。

これは私の性格がこういう風になってしまったという話にすぎなくて、このように生きるべきだという「正しさ」を主張しているのでは全くない。

他の人の意見を尊重して選ぶ、というのも、人生の選択としてありに決まっている。ただ、私は、「だったら、のちのち愚痴を言うなよ」と、つい思ってしまう。「あの人がこう言ったから」とか、「あの人のためにしたのに」とか、ひとことも言うなよ。その人の意見を選ぶ、と自分で決めたんだからな。数ある意見の中から、その意見を自分で選んだんだからな。私は意地悪になる。

「コンパニオンプランツ」を育てるのは、こういう感じに似ている。もしも効果がなかったとしても、「この組み合わせがいいよ」と言った人や、記事を書いた人を責めることはできない。この意見を選ぼう、この人に従って育ててみよう、と決めたのは自分だ。

インターネットで「コンパニオンプランツ」に関する記事をいろいろ見ながらこういったことを思ったわけだが、ただし、すべてが根拠のない文章というわけでもない。最近、木嶋利男さんの『農薬に頼らない家庭菜園　コンパニオンプランツ』という本を読んでみたところ、いろいろな組み合わせの紹介ページに「混植の科学的な根拠」の欄が添えてあった。根の浅いものと深いものだと場所の取り合いにならない、日向好きの高い植物の下に日陰好きの低い植物なら合う、必要とする栄養素がかぶるもの同士だと混植に向かない、天敵を集める植物を側に植えて害虫を食べてもらう（たとえば、テントウムシを呼んでアブラムシを捕食させる）、花粉を媒介する虫を集められる植物を側に植えて受粉を促進させる（たとえば、ミツバチを誘う）、夏草の雑草を秋までそのままにすることで冬草の雑草の発生を抑制する、などの理由は、納得ができる。

とはいえ、科学的にはまだ解明されていない伝承的なものが、インターネット等で流布されている今の「コンパニオンプランツ」のほとんどだ。試してみるかどうかは、自分で決めることだ。

何にせよ、驚くほどの大きな効果は出るわけがない。個人の能力を高めることをせずに、組み合わせだけで画期的に何かが変わると想像するのは、恋愛に夢を見たり、結婚に救いを求めるのと同じで、単なる現実逃避だ。「コンパニオンプランツ」によって、多少上手くいく可能性が高まっても、結局は地道な世話や、小さな努力の積み重ねの方がものをいう。その植物が本来持っている力を応援し、自分ひとりで生長してもらうしかないのだ。

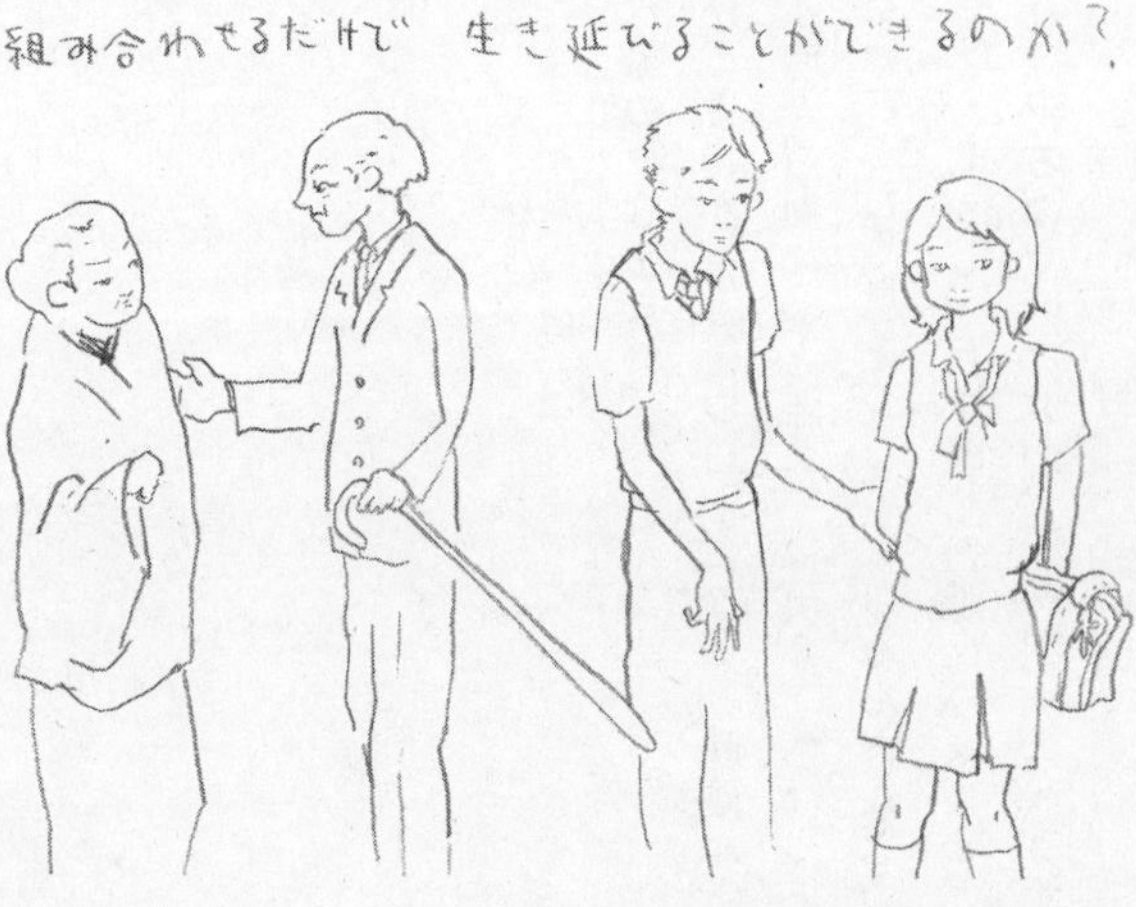
組み合わせるだけで　生き延びることができるのか？

⑥ 芽が出る喜び

双葉《ふたば》はとてつもなく可愛い。本葉《ほんば》とは比べものにならない。

種を土に蒔いたら、芽が出るのを「まだか、まだか」と待つことになる。映画『となりのトトロ』に出てくるメイのように、花壇からちょっと離れては戻り、ちょっと離れては戻りして土を覗き込み、「まだ出ない」とため息をつく。もちろん大人なので一分一秒で芽吹くわけがないとわかっている。しかし、目を離した隙にひょこっと出るのではと何度も見てしまう。ひと晩あれば出るのではないか、と翌朝チェックする。

芽が出るまでにかかる時間は様々だ。早いものは三日で出るが、蒔いてから二ヶ月後に出るものもある。気紛《きまぐ》れで出るのではない。同じ種類のものは同時期に芽吹くので、かなり細かい法則があるようだ。私のベランダでは、一ヶ月ほどかけて芽を出すものが多い。意外と時間がかかるのだ。あの小さな粒にどれだけのシステムが搭載されているのか計り知れないが、気温が何度に上がったら、とか、朝晩の温度差が何度になったら、とか、湿度が何パーセントになったら、とか、光を感じたら、とか、何かしらの基準値が書き込まれたカードと測定器が中に入っているのに違いない。

土をかけてしまうと、もう私には種の変化を確認することができない。一週間、二週間と過ぎてなんの音沙汰もないと、「深く埋め過ぎて光や温度を感じられないのか」「水を遣り過ぎて腐ったか」「どこかへ流れていってしまったか」「消えてしまったか」「そもそも自分の『埋めた』という記憶があやふやなのか」と心配になり、ほじくり返したくなってくる。実際、昨年はいくつか掘り出した。根っこらしきものがちょろりと伸びていたり、葉っぱが入っていそうに膨らんでいたりする。ふたたび埋めれば生長が続くと思ったが、一度空気に触れさせたものは皆死んでしまった。ある程度大きくなったものは植え替えができるのに、このように小さいときは駄目だった

爪がわずかに当たって傷ついただけでも、治癒する能力がなかったりするのだろう。のだ。根っこの角度が少し違う風になるだけでも、それを元に戻す力がなかったり、

水遣りはとても難しい。種はすぐに流れてしまうし、サイズの小さい芽は如雨露《じょうろ》からの水の勢いで潰れてしまうことがある。実際、私は種を流したし、芽を土にめり込ませた。「霧吹きでかけると良い」というアドヴァイスもあり、シュッシュッとかけることがあるのだが、霧吹きで補給できる水分の量はとても少なくて、すぐに土が乾いてしまう。日に何度も遣らなければ追いつかないので、疲れる。「濡れ新聞紙で覆うべし」ということもよく聞く。何度かそれで育てたが、最近は面倒であまりやっていない。結局、小さな如雨露で脇の方からソロッと水遣りをしている。

植物の体はほとんどが水分でできており、一定の量を保てなくなると死ぬ。人間と同じだ。ただ人間の赤ちゃんは羊水に包まれていて、水なしの状態では決していられないのに対し、植物の場合は、種のときなら水がなくても長期間を過ごせる。いわばタイムカプセルだ。生まれることに待ったをかけて、自分にとって都合の良い季節を選んで生命活動を開始できる。それがどういう仕組みになっているのか、とても不思議だ。乾燥を想定して種はその形を選んでいるのに違いない。そしてその乾燥に対す

る強度を保てるのは一度きりだ。いったん水でふやかすと二度と乾燥に強い状態には戻れない。種が水を浴びるということはすなわち誕生の啓示を受けるということだ。生を開始したらさすがに、「思ったより状況が悪いので、やっぱりタイムカプセルに戻って、もう少し先に生まれ直します」と言っても、やり直しは利かない。流れ出した時間は止まらないのだ。少しでも水分を味わった種は、そのあと再び乾燥を感じても、元の形に戻るのではなく、ふやけたときの形で乾いて、死んでしまう。種をすぐに蒔かないときは、「湿気のない冷暗所で保存すべし」と言われるが、その理由は、少しでも湿気を感じさせ、明るさや温かさを与えてしまうと、生き始めるからだろう。一度生きようとしてしまったものは、無理な状況下では死ぬしかない。

好光性種子と嫌光性種子という言葉がある。光を感じた方が発芽するタイプと、その逆のものだ。前者は土をかけ過ぎると芽が出ない。小さな粒が土の中で光を感じるというのがおかしいが、とにかくそうらしい。つまり、浅く蒔いた方がいいものもあれば、深く蒔いた方がいいものもあるのだ。水の遣り方や適温も、それぞれだ。完璧にやりたいのならば、それぞれの特性を調べ上げ、温度計を見ながら蒔く時期を決め、定規で土の深さを測りながら種を埋めなければならない。だが、私はそうしようとすると頭が痛くなってきて、種など蒔けないという気分になってしまうので、たいして調べず、大ざっぱに蒔く。生命に敏感過ぎる人は園芸に向かない。

こんな私の行う種蒔きなので、発芽率は高くない。

それでも、蒔いたあとはわくわくして仕方なく、何度も

ベランダに出て、ビート板に顔を近づける。芽の出る兆候がないか、目を凝らす。少し土の膨らんでいるところはないか、「緑の輪」がないか、目を皿のようにして探す。「緑の輪」というのは私の造語だが、茎のことだ。多くの植物の芽吹きが、足を引っかける罠のような、折れ曲がった茎が顔を出すことで始まる。根を伸ばし、茎を丸く持ち上げ、それからぐっと茎を真っ直ぐに起こして、双葉を持ち上げる。人間でいうと、まず足を伸ばし、手を床についたまま腰を上げ、そのあとにゆっくりと顔を持ち上げて立ち上がる感じだ。茶色い土の中に、つるりとした小さな「緑の輪」を発見すると、ものすごく気分が良く、まるで自分に幸運の兆しが与えられたかのように感じられるので、私は見つけたくてたまらない。夜中の十二時にも、懐中電灯を持って見回りに出る。

芽が出るのを見つけたところで、私にできることは皆無だ。傍観するだけだ。触ったら死んでしまうし、必要以上に水をやったら腐ってしまう。懐中電灯の光を当て、

「大きくなあれ」

と柄にもない甘い声でささやきかけたり、息をかけてみたりするだけだ。ふうっと息を吹きかけるのは、植物には二酸化炭素が必要なのではないかと考えるからだ。

双子葉植物からは、双葉が出る。エダマメなどはわかりやすいが、それは種の中に元々入っていた要素が膨らんだ形をしている。種がぱっかり割れたのが双葉、という風に見える。肉厚で、つるりと光る、栄養素のつまっている双葉は、本当に可愛らしい。赤ちゃんの手みたいだ。私の七歳年下の妹の、生まれたときの手に似ている。白くて、ふやけていて、さっきまで腹の中にいたという雰囲気でいっぱいなのに、精巧な指が付いていて、ぷっくりとくびれて、肉厚だった。

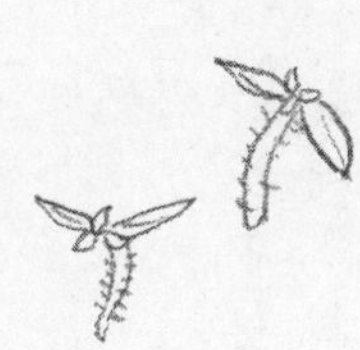

単子葉植物もある。たとえば、ネギやニラは双葉ではなく、一本で出る。針金のようにくっきりと折れ曲がった葉が最初にあらわれる。やがてそれが真っ直ぐに伸びる。最初に折れ曲がっていたことを思うと、跡が残りそうに思え

るのだが、伸びると最初から真っ直ぐであったかのように、折れ線が消えている。先っぽに種の殻が付いている。それはまるで、小鳥の餌の殻のようだ。昔、セキセイインコを飼っていたとき、粟《あわ》を餌としてケースに注ぎ、鳥かごにセットしていた。小鳥はくちばしでじょうずにそれを割り、粒の中のものだけを食べ、殻はそのままケースに残した。だから、見た目の上では、餌がちっとも減らない。ただ、そのケースを取り出して、ふうっと息を吹きかけると、殻が舞い上がるため、「あ、中身は食べたのか」とわかる。ケースを持って、玄関で息を吹きかけた、子どもの頃の情景を今でも思い出せる。粟のくさい匂い、ぶわあっと風に吹かれる殻、金属製の鳥かごの窓の開閉のきしみ、指を入れるとつついてくる小さなくちばしの感触が、まざまざと浮かび上がる。

もちろん、殻は双子葉植物にも付いている。双葉の場合は、その殻をふりはらって、ぱっかりと開かなくてはならないので、かなりの重労働のようだ。殻は固い。殻をかぶったまま、数日を過ごしている芽をよく見かける。ミニトマトやオクラなど、両手を合わせたような状態で先っぽを殻に入れているので、「早く、振り払って葉を開

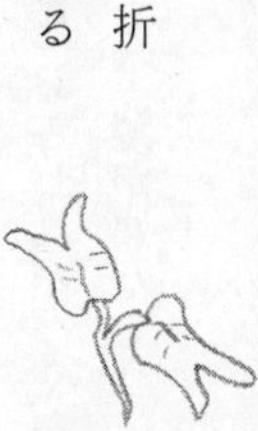

け」とこちらは急かしたくなる。

朝顔はとても育て易い植物で、発芽も早く、問題なく育つことが多いのだが、やはり殻をかぶったまま上手く脱げないでいる芽がたまにある。あんまりにも難しそうに見え、「手伝ってやろう」と手で殻を剥いてやったことがある。すると、枯れた。過保護は駄目だった。どうしても自分で脱ぎたいらしい。セックスのときにあまりにも手伝いすぎると萎えるもののように繊細なのだ。本人の力に任せるしかない。

今年は、朝顔とゴーヤーを同じ日に蒔いた。朝顔は二週間ほどで芽が出たが、ゴーヤーは二ヶ月も経ってやっと発芽した。二ヶ月間、土の中で何をしていたのか、準備をしていたのか、あるいは蒔いた状態のままで一ヶ月と三十日ほどを過ごして、二ヶ月目に急に芽を出す気になったのか……。去年はゴーヤーの芽吹きにこれほど時間がかかった覚えがないので、なんらかの条件が今年はなか

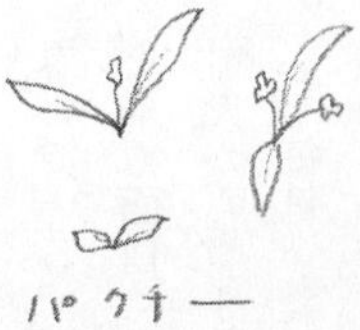

なか合わなかったのだろう。

ともあれ、二ヶ月もうんともすんとも言わなかったので、駄目だと半ば諦めていた。今年はゴーヤーは種からは無理だ、六月か七月に苗で買い直そう、と計画し直していた。

園芸には、種を蒔く方法と、苗を購入する方法と、二通りある。初心者は苗を勧められることが多い。費用で言うと種の方が若干安く上がるが、苗の方が確実に育つ。間引きの苦しさを味わわなくて済むし、苗から育てることの利点は多い。でも私の場合は、芽が出たときの喜びを味わいたくて、できたら種から大きくしたいな、という思いでいる。指の上に載っていた小さな粒が、日光を浴びて目覚ましく生長するのはとても面白く、愛しさもひとしおだ。

だからゴーヤーの芽が出たときは小躍りした。二ヶ月間、旅行でいなかった日を除いて毎日、ただの土にしか見えないところに水遣りをしてきた甲斐があった。苦労して発芽させると、バカな子ほど可愛いというのと同じで、手が掛からなかった芽より愛おしくなる。これから、窓を覆うほどに伸びるなんて、信じられない。楽しみだ。

随分待たされたといえば、アボカドの発芽もそうだった。スーパーマーケットで買ったアボカドを食べると、ピンポン玉ほどの大きさの種が残る。きれいなまん丸で、ゴミにするのがもったいない。埋めてみよう。そう思って植木鉢に埋めたのだが、一向に芽が出なかった。そこでインターネットで検索したところ、アボカドの種を育てようと考える人は結構いるようで、たくさんの記事が見つかった。多くの人が勧めていたのが、五百ミリリットルのペットボトルを半分に切って水を入れ、アボカドの種の三方に小さな穴を開けて爪楊枝をさし、種をペットボトルの上に載せる、という栽培方法だった。こうすると、種の下半球が水に浸された状態になる。このまま一ヶ月ほど放置すると芽が出る、というのだ。半信半疑でそのようなものを作って台所の隅に置き、何も変化がないように見える種を持ち上げては水を替えていたところ、本当に一ヶ月で、種に割れ目が入った。それから数日で、その割れ目から芽と根が出てきた。ペットボトルで見ていると、根の様子も見ることができて面白い。白い根が蛇のように水の中をたゆたい、芽は上へと伸びていく。アボカドの場合は、種はそのままの位置に残っているので、養分として使われているのだろう。よくわからないが、肥料のない、ただの水から伸びていくのだから、そういうことなのではないか。ひと月ほどすると根がぎゅうぎゅうになったので、植木鉢へ移し、ベランダに出した。そうして一年半が経ち、今は三十センチほどの木になっている。いつか、実がなるほどになったらいいな、と夢見ているが、あと十年はかかるだろう。その頃には庭付きの家を建てて、地面に植え替えたい。

栽培にはいろいろなハイライトがあるが、やはり芽が出るときが一番の見どころのように思われる。私は二十五歳のとき、会社員をしながら小説を書き、それを出版社に送った。その作品が新人賞を受賞したことで作家活動を始めた。今はまだ九年目で、山の裾野をうろうろしているだけだ。これから文学の道を登っていく。この先、もしかしたら、書いた作品が何かしらの文学賞を受賞したり、大きな節目を迎えたりすることもあるかもしれない。だが、おそらく、デビューしたときほどの興奮は起こらないだろう。双葉を開くほどの急展開は、二度とない。芽吹きこそが絶頂だ。

⑦薔薇

ベランダには銀色の丸いテーブルを置いている。私はそこで、朝食を取ったり、茶を飲んだり、読書をしたり、仕事をしたりする。脇には薔薇が咲いている。また、そこは掃き出し窓を挟んで私のアトリエと隣接しているため、部屋の机に座っていても、窓越しに薔薇が見える。五月から十月くらいまで、薔薇は繰り返し咲いていく。

昨年の五月に、薔薇の苗を四株、購入した。

「羽衣《はごろも》」つるバラ。薄いピンク色の、尖った花が咲く。

「青雅《せいが》」四季咲き、木立、中輪房咲き、フロリバンダ。小さめの青い花が咲く。

「ローテローゼ」四季咲き、木立、大輪、ハイブリッド・ティー。ベルベットのような深紅の尖った花びらが大きく開く。「いわゆる薔薇」だ。

「ケンティフォリアブラータ」オールドローズ、ケンティフォリアローズ。丸い花びらがしとやかに集まり、昔の油絵によく描かれているような花になる。

薔薇は品種改良によって、現在の種類ができ上がった。「フロリバンダ」や「ハイブリッド・ティー」は、品種の系統の呼称だ。

インターネットで注文すると、十五センチくらいの苗が届いた。蕾がいくつか付いている。早速、デパートの中にある園芸ショップへ出かけ、深さがあって、石でできた、かっこいい鉢を買ってきた。野菜のプランターは、スーパーマーケットにあったリサイクルプラスティックの廉価なもので済ませているが、薔薇は金をかけて大事に、かつ見栄え良く育てたい。土も肥料も、薔薇専用の高価なものを揃えた。

数年前にも薔薇の鉢植えを買ったことがある。季節外れに手に入れたそれは、花を一度も咲かせないまま枯れてしまった。買ったときも最後も、ただの枝のような姿だった。あの苦い思いはもうしたくない。そのときの経験から、「薔薇はものすごく肥料を食う」「絶妙な水遣りをしたり、細かく虫避《よ》けをしたり、手がかかる」ということはわかっている。

土に二種類の肥料を混ぜ込み、ふわっと鉢に詰める。農薬は嫌いな私だが、薔薇に限っては殺虫剤も少し混ぜた。そして、植え替える。

やがて、面白いようにどんどん咲き始めた。私は飽かず眺め、四つの個性を愛でた。しかし、咲いたらすぐに切り取らなければいけない。薔薇は、開花にものすごくパワーを使うらしく、そのままにしておくと疲弊して次の花を咲かせないようだ。だから完全に開き切る前に、五枚葉の上にハサミを当てる。せっかく頑張って咲かせたのに、人間が摘み取ってしまうというのは、なんだか悪いことのようにも思えるのだが、そうしないとたくさん咲かないのだから、やるしかない。開いた途端にパチンといく。五枚葉というのは、五連になっている葉のことだ。五枚葉の上に三枚葉が生え、その先に蕾ができる、という法則があるらしい。葉をなくしてしまうと光合成が難しくなるため、五枚葉は残すように心がける。

切り取った薔薇は一輪挿しに飾れば良い。薔薇ほど一輪で様になる花はない。五枚葉の上で切ったものは短いので、小さめの花瓶が似合う。私は自分の仕事場を

「アトリエ」と呼んでいる。そのアトリエの私の机に載っているのは、吉祥寺の雑貨屋で見つけた、「自動車の部品のガラス管」を再利用して作ったというものだ。その店の人が言うには、「ガラス管を半分に切って、鉄工所の人に、『これに合わせて台を作ってくれ』と頼んで作ってもらい、その鉄の台にガラス管を挿しただけ」という代物だそう。素朴な花瓶だ。古いマンションや、素っ気ない白木の家具に、馴染んでいる。

台所のダイニングテーブルには、ローマで買ってきた、シャンパングラスのような花瓶を置いている。一昨年、ひとり旅をしたときに、「滞在中、ホテルの部屋に花瓶を置いて、花を活けたら、かっこいいんじゃないか」と考え、「フィガロ・ジャポン」のローマ特集号で紹介されていた花屋へいそいそとでかけた。イケメンの花屋さんに、「ガーベラを一輪と、花瓶をひと瓶ください」と身振り手振りを交えながら拙い英語で伝えたら、「申し訳ないのですが、花瓶は二つセットでしか売れないんです」と恐縮された。値段はともかく、ガラス製なので、機内持ち込みの荷物として大事に抱えて帰ろうと思っていた私は、「二つはちょっと……」と尻込みしたのだが、花屋さんはにこにこしているし、ここまで来たら買いたいしで、結局二つ包んでもらったのだった。それで、部屋にガーベラを飾り、まるで映画の中みたい、と悦に入った。だが案の定、帰りの飛行機は大変で、椅子の下にそうっと置いてときどき確かめ、空港からのバスが揺れるのにひやひやした。家に着いて包みを開いてみると無事だったので、ほっとした。それなのに、数ヶ月後のある日、窓を開けて空気の入れ換えをしていたら、風の強い日だったので、いきなり倒れてガッシャーンと割れた。それで、はるばるローマからカップルでやってきた花瓶も、今は独り身なのだ。

その代わり、私にはいつの間にか夫ができて、二人で暮らしている。仕事がちょっと上手くいったらしいとか、どうでもいい記念日とか、何か軽いお祝いのとき、ベランダでパチンと薔薇を切って渡すことができて便利だ。夫の方は、何かあるとき、駅ビルの花屋で薔薇を一輪買ってきてくれる。これは、私がしつこく言ったからだ。花をもらうと気分が高揚する。何かあったら、花を買ってくれ、と。べつに夫からと限ったことではなく、友人や仕事関係の人からも、花束を贈られると、私はものすごく嬉しくなる。しかし花束は高いので、大概、一輪だけだ。

最初は一緒に行って、あれを一本欲しい、と指さした。花に興味がなく、花屋に全く行ったことのない人にとって、花を買うのは難しいことのようだ。自分がしてもらいたいことがあったら、して欲しいとはっきり言うしかない。一歩一歩、花屋に近づいてもらうのだ。母の日、一緒に花屋へ行き、夫の母への花束として、「まず、お母さんのイメージの花をひとつ選ぶとしたらどれだと思う?」と夫に尋ね、「『この花を中心に、二千円くらいで花束を作ってください』と店員さんに頼んだらどうだろう?」と言ってみる。そんなことを繰り返しているうちに、夫は花の購入に慣れてくれた。

私自身、人に花を贈るのが好きだ。大きなお祝いだったら、夫に花束を買うこともあるし、友人の誕生日に、友人が前に好きだと言っていた花を探したり、友人のイメージに近い花を選んだりして、それから店員さんに頼んで束にしてもらう。店員さんに相談しつつ、一本一本、「あ、あれも入れてください、あれも」と自分でほとんど決めるときもある。花束が出来上がると、幸福な気持ちになる。はかないところも魅力だ。私はベランダ園芸をしているので、自分だったらもらうのは切り花ではなく鉢植えでも嬉しいのだが、多くの人はそうではないだろう。後片付けが簡単な花束の方を好むと思われる。それに、「消え物」はプレゼントとして押しつけがましくなくて、軽く渡せていい。

自分用に、安い花束を買うのも好きだ。中学生の頃に、立原えりかさんの『わたしとおどってよ　白くまさん』という童話集を読んだ。その本に収録されている「月の沙漠」という作品に、貧しい暮らしを営む夫婦が描かれている。妻が花を買って帰ったら、夫から、「こんなものより、パンをもうひとつ買ってきてほしかったね」と言われる。だが、妻は、パンをひとつ食べなくても、食卓に花がある方がずっといい、と思う。結局その夫婦には、それで溝が入ってしまうのだが、私はうっとりした。「私も将来、金のない生活を送ることになっても、花を買ってやる」と決めた。確かに、花は生き死にに関係しないし、生活必需品ではない。実際、花に大金を使っている人を見ると、私も、「贅沢だな」と捉えてしまう。薔薇の品種改良にしたって、ヨーロッパの貴族たちが、血税を花に注ぎ込んで行ったことで、よく考え

ればひどい話だ。だが、人間は生き続けるためだけに生きているのではない。ばかなことに金を使ってこそ人間だ。

ベランダには、四つの鉢植えの他に、震災前から生き延びてきた、つる薔薇もある。これは商店街にある花屋のバーゲンで購入したもので、完全に枯れたように見える状態に何度かなりながら、息を吹き返してきた。鉢の上にアーチが差し込んであり、そこを伝って伸びる。この五月にも、花が咲いた。ピンク色で、三センチほどの小さいものだ。それを三つほど摘んで、ミニ花さしにさす。五センチほどの焼き物に、つまようじを底まで通して開けたような穴が三つあるだけのものだ。鶴川にある白洲正子と次郎の住居が、「武相荘《ぶあいそう》」という名で公開されていて、一年ほど前にそこへ遊びに行った。その中のカフェでカレーを食べたら、ピーナッツぐらいの大きさのものすごく小さな花さしがトレーにのせてあり、野の花が三種類ささっていた。おお、可愛い、と感激したところ、ギャラリーショップにあったので購入した。私が今でも悔やんでいるのは、受け皿も一緒に買わなかったことだ。受け皿を置かなければ水を遣れない。今は醬油皿に水を入れて、そこに花さしを載せている。これは、いかにも手で握って作ったという、ぼてっとした素朴な形なので、きれいな円形の醬油皿に載せると台無しだ。白洲正子はかっこ良くて、灯明台《とうみょうだい》に蕎麦猪口《そばちょこ》を載せて花を飾ったり、高価な大壺を玄関にどーんと置いて花を活けたり、ものすごく自由だ。「花は花瓶にさすもの」という思い込みが恥ずかしくなる。

ベランダに置いてある銀色のテーブルでは、鉢植えの薔薇の蕾が楽しめるので、花瓶はいらない。左に街を、右に薔薇を眺めていると、「はっはっは」と笑いがこみ上げてくる。人間関係がひとつも上手くいかなくても、私には風景と薔薇があるんだもん、という気になる。

調子に乗っていたら、うどん粉病になった。うどん粉病というのがどういうものかを知らなかったが言葉は聞いたことがあった。その葉を見たらすぐに、「これが、うどん粉病だ」とわかった。うどん粉ぽかったからだ。そこで、うどん粉が付いているところをハサミで切って捨てた。しかし、どうも、風呂場の黴《かび》と同じような種類に見える。病気で肌が荒れた、という雰囲気ではなく、葉に黴が生えた、という感じなのだ。歯ブラシで擦って落としてみた。こんなことをしていいのかわからなかったが、放置したらどんどん増えるだろうし、切り取るにしても丸坊主にするわけにはいかない。風呂場の目地掃除と同じ要領で落として、水で洗った。それから、おそらく湿気が多過ぎるのだろうと考え、鉢と鉢の間を空け、風通しを良くした。ベランダは狭いので、銀色のテーブルに行くときに、そろりそろりと鉢を避けていく仕儀になったが、仕方ない。すると、だんだんと治っていった。

薔薇は手が掛かるといえば、サン＝テグジュペリの『星の王子さま』だ。手を掛けるほど愛情が深まり、他の多くの花とは違うひとつだけの花になる、というあれだ。私は中学生のときに初めてこの童話を読み、キツネとの友情には泣いたものの、この薔薇のシーンには馴染めなかった。マッチョな感じが好きになれなかったのだ。どう読んでも薔薇は女性を表していて、「美しく気高いのだから、守ってやらなければならない、守れば守るほど愛情が湧く」という話なのだ。女性を守るというのが、気にくわなかった。

ついこの間、夫と箱根旅行の予定を立て、「星の王子さまミュージアム」にも足を延ばそうということになり、予習として『星の王子さま』を再読してみた。読み返すと、悪くなかった。性別から離れて、自分が王子さまになりきり、思いの強い対象に対してどう接するか、と読むと、入り込める。とはいえやはり、作者は妻を薔薇のモデルにしたという説が濃厚だ。妻のコンスエロも、芸術家肌の変わり者だったらしい。

コンスエロは前夫の喪が明けていなかったので、サン＝テグジュペリとの結婚式は喪服で挙げたという。自己主張の強いコンスエロだ。そして数年後、それぞれに愛人ができた。アパートの一階と二階に別々に住み、互いの自由を尊重する暮らしをしていた。奇妙な婚姻関係だが、愛情は深かったようだ。サン＝テグジュペリが行方不明になったあと、コンスエロは『バラの回想』という本を出しているそうで、これを知って、「よく自分で自分のことを薔薇と言えるな」と私は驚いた。だが、「守られているだけ」と思っていた薔薇が随分と気が強いことを知り、嬉しくもなった。

サン＝テグジュペリの遺体は見つかっていないというが、まだ飛行機に乗って、どこかを飛んでいるのだろうか。

私は最近、旅行へ行くときは、新国立美術館のショップで買った、ペタンと小さく畳めるビニール製の花瓶をスーツケースにしのばせて飛行機に乗る。その土地で買った花を、ホテルのライティングデスクに飾るのだ。

⑧残酷な間引き

芽生えの観察はものすごく楽しい。種という状態をどう捉えるかという問題の学問的な答えは知らないが、多くの人の感覚としてそれはまだ生きていないものだ。生きていなかったものが、生き始める。生命活動の開始を見るのは、とてもわくわくするし、大きな喜びを覚える。

でも、生きているって何？　どういうことを生きているっていうの？　深く考えようとすると、わからなくなる。水分を含んでいて、息をしていて、常に活動を止めない状態だろうか？　だが、そうではない生き物もいるだろうし、正確に定義するのは難しく思える。乾いていたり、呼吸をしなかったり、休眠状態では死んでいるも同然な生物もいるのではないか。

ともあれ人間は、目の前のものが生きているか死んでいるかを、非常に気にする。大多数の人と同じように私は自分のことを生きていると認識しているし、生命は素晴らしいものだという基本的な考えを持っている。目の前にあるものに対し、「これって、生きているんだ」と感じると、それが大切に思えてくる。

だから、石ころを捨てるのは簡単だが、虫を潰すときは心がきゅっと痛む。害虫を殺すのは仕方がないと考えているが、益虫だの害虫だのと区別することは人間の勝手だとわかっているし、本当はできるだけ殺したくない。夏場に蚊が飛んでくると手で叩くが、それだってきゅっと痛くなるから、自分の手を汚さずに済むよう、蚊取り線香などを仕掛け、相手の死に際を味わわない方法に逃げようとしている。死んで欲しいと願っているのに、死ぬシーンはできるだけ見たくなく、自然と消えてくれたらいいのに、と自分本位なことを思っているのだ。

私は肉も魚も食べるから、虫どころではなく、多くのものの命を奪って生きている。しかし、一度も自分の手を下したことがない。死ぬところを見てから食べるということも、アサリぐらいしか経験がない。荒川弘さんの『銀の匙』という漫画に、農業高校に通う高校生たちが、自分たちで育てた豚をベーコンにして食べるというシーンがあって、素晴らしいなと思ったが、自分にそれができるだろうかと考えると、自信がない。三十を過ぎた大人なのに、心の負担が大き過ぎると、尻込みしてしまう。

先日、盛岡と花巻という、宮沢賢治の言うところの「イーハトーヴ」に旅行する機会があって、賢治について色々調べたり、予習として彼の書いた童話を読んだりした。どうやら賢治は、命を奪うことを極端に嫌っていたらしい。教師時代は天ぷら蕎麦なども食べていたらしいが、晩年はベジタリアンであったようだ。賢治は農業高校で教師をしており、いつも生命を前にしていた。きっと、命に対する責任を重く感じていたのだろう。

私は四歳くらいまで、肉というのが動物の死体だとは知らなかった。食べ物は昔は生きていたと幼稚園で聞き、ステーキ肉が草の上を這っているところを想像した。それが牛や豚だとわかったのは小学校に上がる直前だったと思う。そうして小学校へ上がってからは、極端に肉を食べない子どもになった。食べるということが汚らしく感じられ、白いものを好んでいた記憶もある。白米やグラタンやシチューなどが好物で、魚や肉などの色の付いたものはあまり食べなかった。両親は甘かったので私に偏食を許していたが、親戚の家に行ったときに、「たんぱく質も食べないと駄目よ」と叔母から諭されたのを覚えている。他の命を奪って生きるというのは苦しいことだったし、できるだけ目を背けていたかった。その頃は自分に責任を持つのが苦しく、自分のいる分だけ空気を押しのけていることさえ辛かった。もしも自分がいなかったら、ここに座れた人がいたはず、自分がいなかったら自分の代わりにこれをできる人がいるはず、生きているだけで誰かの場所を奪っていることになるのだなあ、と自分が存在しているだけで他人に迷惑をかけている気がして嫌だった。

少し前に「草食系」という言葉が流行って、私の書く小説の主人公がそれだと批判されたが、私自身まさしくそれだ。競争に参加するのをできるだけ避ける。幼少時代の学校や家庭において、私は厳しい自然に接する機会がなく、子ども同士で競争させられることもなかった。平等教育を受けてぬくぬくと育った、ひ弱な子だった。最近では小学校の運動会の徒競走にも順位付けしないという。私の子どもの頃はまだ徒競走の順番はあったのだが、テストの点数を公にしないとか、クラス順位や学年順位は発表しないとか、偏差値を廃止するとか、男女で分けて教育しないとか、他の子どもと比べる教え方はしないとかといった前の時代からの変化があった。「社会に出たら競争せざるをえないのだから、子どもの頃から競わせるべき」という意見を、たまに耳にする。もっともだと思う。実際、私は競争が嫌いな大人になった。恋愛で自己主張するのも苦手だ。上の世代から見ると、物足りなく思われる。私は大人になってから、「人と比べられることの辛さ」「人を押しのけなくては進めない道」を知り、愕然とした。

小さい頃から本を作る人になりたいと切望しており、書店が夢の場所だった。いつかこの台に、あの棚に、自分の書いた本が一冊でも並んだら、そのあとはすぐに死んでもいい、と思っていた。だから、小説の本ができ上がったときは、その本を平台の目立つ場所に置いてもらいたい、と願った。また、文芸誌に小説を発表するときは、できたら表紙にタイトルと著者名を出してもらいたいと思ったし、目次では大きな文字で紹介してもらえたら、と考えた。実際、デビュー作のときから書店や出版社の方々が応援してくださり、それらは叶った。だが、よく考えれば、そういったことは、他の本や、他の作品を押し出さないと実現しなかったことだ。全ての作品が平等に日の目を見るということは起こらない。いつの間にか、大嫌いな競争の世界に入っていた。また、若い頃の私にとっては、書いた作品が文学賞を受賞することは夢ではなかったが、デビュー作から文学賞の候補作に挙がることが続けて何度か起こり、その度に他の方の書いた作品が受賞をし、私の書いた小説がバッシングされた。そこで驚き、考えが変わっていった。作品ではなく作者自身のプライベートなことにまで悪口を言われるので、私の心は暗くなり、文学賞を受賞せずに仕事を続けていくのはとても難しいことなのだとだんだん感じるようになった。今後は候補に挙げていただくのをお断りした方がいいのではないか、とも考えた。

ただ、もうひとつわかってきたことがある。現代日本文学の世界は全体が危機にあるということだ。私は作家として活動を始めるまでは、昔の日本文学を読むことが多く、日本文学史というものをいつまでも続く確固たるものだと捉えていた。不勉強で現代文学にあまり触れてこなかったため、現状をよく知らなかったし、文学の世界を豊かにしてこれからの時代を作っていくという発想なんて持っていなかった。連綿と続く文学史の中で、確固たる世界の内で、ただ自分の作品を発表していくことが仕事だ、と考えていたのだ。しかし、世界自体がしっかりしたものではないとしたら、どうだろうか。

この頃は経営難で廃業になる「町の本屋さん」が続出し、全国的に書店の数が少なくなっているという。新しい戦略でチェーン展開する書店は生き残っているが、フロアでは漫画やビジネス書の棚が増えて中央に置かれ、売り上げに貢献できていない文芸書の棚は小さくなり、隅に追いやられてしまった。また、ゲームやIT業界に才能が流れ、小説家を目指す若い人が減ったということも聞く。グローバル化で英語が世界各地で話されるようになり、日本語のようなマイナー言語は消滅するという噂もある。未来を見つめれば、日本文学は存続の危機にあるのだ。

もちろん、すぐに駄目になるわけではない。この先の数年は問題ないだろう。作家活動を続けるうちに、私には同世代の作家友だちがたくさんできた。彼ら、彼女らは才能豊かで、やる気の漲《みなぎ》る人ばかりだ。現時点での文学の世界は、活発な才能に溢れ、すごく面白い場所だと思う。しかし、経済の盛り上がりには繋がっていないため、歴史の流れが弱くなりつつあるのは感じる。もしも、現状の小さな世界を信じ込み、その中で自分の作品がどう扱われるかのみに尽力したら、これからの時代を作ることはできない。自分の作品を書くことも大事だが、それ以上にやり甲斐のある仕事がきっとある。ときには、隅っこに場所を取り、競争して負ける、そういったことをしながら、世界自体を面白く発展させるのが本当の仕事なのではないか。

書店そのものを活性化させる仕事をしたいし、自分の書いたものが売れなくても、他の作家が書いた本が売れるような仕組みを作りたい。どうせ文学賞祭りを開催するのなら、自分が踏み台になって盛り上げ、世間が日本文学に目を向けてくれるような雰囲気を作りたい。

弱肉強食という言葉があるが、この世はまさにそのようにして成り立っている。個人の幸せではなく、世界全体の幸せを求めようとするとき、個人の行動は変わっていく。宮沢賢治の童話において、他の生き物を襲って生きてきたサソリが、他の生き物に自分が襲われたときについ逃げてしまったことを後悔し、自分の体を他の誰かの役に立ててもらう形で死にたかったと願うように。自分の死体を、誰かの役に立ててもらいたいと思うようになる。

弱肉強食といっても、生物の世界における強さは、大きさや繁殖力のことばかりではない。たとえば、人間が「雑草」と呼ぶ草があり、旺盛な繁殖力で増えていくが、人間に引っこ抜かれる。人間が美しいと思ったり、おいしいと感じたりする植物の方が、街では生き残り易い。

子どもの頃は草むしりをしながら、

「なんで雑草は抜くの？　命はどれも大切なんじゃないの？」

と親に尋ねたものだが、大人になるとその不思議さは薄まった。大きく茂ってから
では抜き難いので、小さいうちに引っこ抜く。大事に育てたいと思っている花や野菜
の方を優先したいから、放っといても増え、勝手に大きくなって場所を取る、雑魚キ
ャラの草はどんどん排除する。きゅっと痛みは感じつつも、割り切ってしまうように
なった。

だが、間引きにはなかなか慣れない。

種を蒔くとき、一粒の種を確実に一つの苗に育てる、というやり方をする人は稀だ
ろう。多めに蒔いて間引きをするのが一般的な栽培法だ。発芽率百パーセントの種な
んてないし、芽が出たとしても、なんの問題もなく花が咲くまで大きくなれる確率は
決して高くない。五粒蒔いて、三つ芽が出たら、ひとつを残し、二つの芽は間引く。
辛いのは、間引きが草むしりと違い、抜かれる草と、抜かれない草に差異がないこ
とだ。同じ種類なのだから。

「どうしてこっちの芽は抜いて、あっちは残すのだろう」

間引きをしながら、自問自答する。生存率を上げたいので、弱そうなものを選んで間引く。その時点で大きく育っている方を残すわけだが、これまでの経験から、小さかった苗があとから他を追い抜いて大きく育つこともあると知っている。

以前、俳優で歌手の岡田准一さんのラジオ番組に出演させていただき、「最近はまっていることはありますか？」という問いに、「ベランダ栽培です」と答えたことがある。すると、すぐに岡田さんが、「いいですね。でも、僕は間引きが苦手で……」と返してきたので、さすが、人間というものをわかっていらっしゃるなあ、と思った。

園芸が好き、というのを他の人に話すと、命を慈しむ、愛情込めて育てる、というイメージで捉えられがちで、「和みますよね」といった返しをされることが多いのだが、実際には残酷さも持ち合わせていなければ、遂行できない。植物を育てていて、一番引っかかるのが、この間引きだ。同じ種類のものの中からひとつだけを選んで大事にし、他を捨てる。こちらの力で生命活動を開始させたのに、生き始めたら引っこ抜く。すごく理不尽で残酷極まりない行為だ。これを正当化する論理はまったく思いつかない。

山岸凉子さんによる『鬼』という漫画がある。天保の大飢饉のことが描かれたものだ。凶作のために飢えに苦しむ村人たちが、悩んだあげくに決めたのは、それぞれの家にひとり息子だけを残すことだった。深い穴を掘って、次男や三男たちを集めてそこに捨てる。親たちは、自分の子どもに手をかける勇気がなく、穴に閉じ込めることしかできなかったのだ。捨てられた子どもたちは暗い穴の中で飢餓に苦しみ、やがては順番に死んでいく他の子どもの死体を食べるしかなくなってしまう。その歴史に、現代の大学生たちが遭遇する、というストーリーで、「親を恨みたければ恨めばいいと思うよ」「人は生きられる可能性があるかぎり　生きる権利があるんだ」といった科白に救いを見出せるのだが……。人間の業や、世界の複雑さがのしかかってきて、私は最後のページで、この世で生きるというのはなんて大変なことなんだ、と思った。

文学において、「兄弟の中で誰が生き残るか」というのは、繰り返し描かれてきたテーマだ。カインとアベルの兄弟殺しに始まり、兄弟間の嫉妬や憎しみ、そして競争は、時代を超えて続いてきた。

生き死にというほどではなくても、「兄弟の誰が家を相続するか」「誰が父親の跡を継ぐか」「誰が親の愛情をたくさん受けられるか」といった問題は、いつの時代の読者も注目してきた題目だ。紫式部の『源氏物語』でも、第一部、第二部の主人公の光源氏は、天皇の最愛の息子でありながら、母方の後ろ盾がないために、勢力のある弘《こ》徽殿《きでん》の女御《にょうご》の息子に敗れ、東宮《とうぐう》になれない。そこから始まるからこそ、ただの雑多な恋愛ものではなく、大きなうねりのある物語になっている。第三部の主人公の薫大将《かおるのたいしょう》は父親を継ぐ立場であるが、自分の出生の秘密を知り、その資格がないと悩む。その隣りに、血統の良い匂宮《におうのみや》がライバルとして配置され、やはり「負けの美学」が物語に充満する。

つまり、サバイバルに負けた者が文学を作ってきたといっても過言ではない。

間引きは理不尽で残酷なものだ。しかし、植物界にも、動物界にも、人間界にも、残念ながら間引きの概念がある。この残酷な世界に対峙して、新たな価値観をどう作っていけるか探るのが、作家の仕事なのかもしれない。

⑨ 食料にする

前稿に間引きの苦しさを綴ったが、間引き菜として口に入れてしまえばその後ろめたさは少しだけ和らぐ。植物を食べるのは、捨てるよりは気が楽だ。生きるために仕方なく相手の命をもらっていると言い訳できるからだ。しかし私は最低限の食料のみを摂取しているわけではない。生命活動のためでなく、おいしいからだとか面白いからだとかといった理由でとっている食事の方が多い。生き続けたいという欲だけだったら、今食べている量の半分くらいで十分なのではないか。欲望を満たすために、命を無闇に奪っている。やはり、若干の後ろめたさは残る。

ともあれ、抜いてしまった草は無駄にせずに食すに越したことはないから、毒のなさそうなものは炒める。生でサラダのように食べてもいいのかもしれないが、間引いたものはまだ小さい芽で、土まみれになったり、根っことの境目がなかったりしていて、よくわからないけれど細菌が残っていても嫌だなあ、という気分で火を通している。フライパンで焼くと、ものすごく小さくなる。食べてもなんの栄養にもならなさそうだが、皿の隅っこに載せる。

私のベランダには他に、生長してから食べるための植物もたくさんある。ハーブ類、トマト、プチトマト、ゴーヤー、枝豆など、育ったそばから食べている。それから、実がなるまでは相当な年月がかかりそうだが、いつか食べようとたくらんでいるものもある。イチゴやマカダミアナッツ、グレープフルーツ、アボカドなどだ。

ベランダ栽培が家族や友人から評判が良いのは、花のようにいかにも趣味的なものだけでなく、野菜や果物という実用的なものも得られることに理由がある。家計を助けそうに思われたり、安全な食への第一歩と捉えられたりもするのだ。

しかし、期待されるほどではない。水や土や日光という、タダのイメージが強いものから食品を作るのだから、ものすごく安いと思われがちだが、実際には、良質の土や肥料を購入したり、可愛いプランターや鉢を買ったりして、金をかけてしまっている。それでも、食べたいときに必要な分を摘むことができるのは、少ししか欲しくないのにたくさん買ったり、余らせて腐らせたりしないで済むので、良いこととは言えるかもしれないが……。

夫が気に入ってくれたのでよく作るスープがある。それは高山なおみさんの『野菜だより 季節のいきおいを丸ごとたべる』という本に載っていたかぶのスープだ。かぶを半分に切って鍋に入れ、バターを落として煮込めば、簡単なのにとてもおいしい。詳しいレシピはこの本を読んでいただくとして、決め手は最後に散らすディルだ。最初にレシピを見たときは、「ディルとはなんぞや」と首を傾げた。そんな小洒落たものは知らないし、格好つけているだけではないかと考えた。はしょろうとも思ったのだが、その日は相手の誕生日だったので一応きちんとやるかと考え、普段は行かない高級な方のスーパーで探したところ、ハーブのコーナーにディルと名札の付けられた細かい葉っぱがあった。でも、やはりパック詰めなのだ。胡麻程度に振り掛けるだ

けなのだからこんなにいらないのに、と思いつつ、わざわざ探したのだから、とそれを購入し、作って食べた。すると、ディルがさわやかによく利いた。大事なものなのだなあ、と感心した。しかし、小さな葉っぱはしおれるのが早い。余ったディルは結局捨ててしまった。

そこで種を買い、育ててみたのだ。スープを作る度に、葉っぱのひと枝を切り取って刻む。かぶのスープだけではなく、洋風の料理だったらなんにでも合う。シチューやポテトサラダに載せても良い。朝の時間のないときは、ありあわせの野菜とベーコンを刻み、ブイヨンを落として煮て、ディルを散らすだけでも立派なスープになる。スーパーマーケットにあるパック入りのものに比べて、摘み立ての葉の味は段違いにおいしい。ディルは素晴らしい。とはいえ、そう思っても、「ディルは素晴らしい」と口に出したことはない。気恥ずかしいからだ。「ネギは素晴らしい」ならば何度も言ったことがあるので、ディルという響きが気取って聞こえるのが嫌なのだろう。

ネギもディルと同じようなものだ。刻んで味噌汁にのせるだけで、

ぐっと味が引き立つ。だが、味噌汁のためにわざわざ買うのは贅沢な気がするので、まだベランダで育てていなかったときは、他の料理に使ったためにたまたま冷蔵庫に残っていた、というときにしか使っていなかった。しかし、あるとき知人から、

「ネギって、根っこのところを捨ててるじゃないですか？　あの、根っこのところを土に埋めると、どんどん増えるらしいですよ」

と聞き、半信半疑ながら埋めてみた。すると、干からびた。私が最初に埋めたのは、長ネギだったのだ。長ネギはどうやら、駄目らしい。上手くいくこともあるようだが、この方法で伸びるのは緑の部分のみなので、白い部分がおいしい長ネギはベランダで育てるのにあまり向いていない。次に万能ネギの根っこのところを埋めてみた。すると、数日で見違えるほど伸びた。味噌汁に載せる程度の長さを切ると、また数日で元通りになった。ただ、中が空洞で、身が入っていない。でも、充分に薬味になるし、節約には非常に便利だ。ネギはたいして肥料を欲しないし、元は捨てる部分だしで、節約にはもってこいだった。

ちょこんと載せるといえば、ペパーミントもある。ペパーミントはものすごく丈夫だ。放っといてもどんどん増える。虫も滅多に付かない。ヨーグルトだとか、アイス

クリームだとかを、ガラスの器に入れて、このペパーミントの葉を摘んで載せると、可愛らしいデザートになる。私は夏の夜に、ベランダのテーブルでカクテルを飲むことがあるのだが、ジントニックだとか、カンパリオレンジだとかにペパーミントの葉をちょこんと浮かべると、格好良くなる。それから、ペパーミントの酒といえば、やっぱりモヒートだ。たくさん摘んで、すりこぎで潰し、グラスの底に敷き、ラムをひとたらし、ソーダを加えて、あればレモンかライムを搾り、かき混ぜればでき上がる。私はバーに行くのが趣味で、一時期いろいろな店へ出かけていたのだが、最近は経済的に辛くなってきたので、家のベランダをバーに見立てて遊ぶようになった。

バジル、パクチー、パセリも、少し摘んで、なんにでも添えられる。育てるのに手間がかからないし、ハーブ用ミニプランターに植えれば場所も取らない。

ラディッシュとミニニンジンも作ったが、虫が付き易くて大変な割に、でき上がったものの形は悪く、小さかったので、私はもう嫌になった。

室内で育てられるものに、スプラウトがある。私が作っているのはブロッコリーの芽だ。種の袋に、「アメリカで大ブーム　ウルトラ健康野菜」という煽りモンクがあって、本当だろうかと疑いつつも心惹かれた。栄養が摂れそうな上に辛味があっておいしいので、様々なものに振り掛けている。これは、肥料は一切いらないし、日差しも弱くて構わないし、容器はゴミにするようなもので十分、しかも土を全く使わないときているので、楽だ。スポンジやキッチンペーパーなどに種を蒔き、乾かないように水をやり続ければ、一週間ほどで食べられる。私は最初、イチゴの入っていたプラスティックの容器に、キッチンペーパーを敷いて種をばら撒き、霧吹きで水を遣っていた。これだけで充分に大きくなるのだが、何度か繰り返すうちに、容器に改良を加えるようになった。まず、不必要な水が溜まると腐るので、水はけを良くするために、パックを二段重ねにすることにした。サンドイッチ用パンのパックを、仕切りのところで半分に切り分け、そのうちのひとつの底にコルク抜きで穴を数カ所開ける。次に、それぞれ左右の壁に二カ所ずつ穴を開け、爪楊枝を刺す。二つのパックを重ねると、爪楊枝のせいで底が浮き、水が下段に溜まるようになる。これで、適度な水分を保てるようになり、通気性も良くなった。もうひとつの改良は、キッチンペーパーを、一回分の使用量の広さに、予め切っておくことだ。三センチ四方程度に切り分けておいて種を蒔くと、ひと区画を引っ張り出して、包丁で根を落として洗うだけで、味噌汁などに使えるので、とても便利だ。

それから、今年たくさん栽培しているのは、ガーデンレタスだ。昨年に少し育てたら、ものすごく重宝したので、ファームのメインにしようと意気込んだ。夏だったら、葉を摘んでも、三日で元通りの大きさになるぐらい、生長が早い。コツは、摘むときに光合成のできる葉を残しておくこと。丸刈りにしたら枯れてしまう。それと、薹立《とうだ》ちが始まるとあっというまにすうっと高くなって花を咲かせてまずくなってしまうから、伸びそうになったら先を切ってしまうこと。葉を摘んで皿に並べるだけでサラダになる。胡麻ドレッシングか、オリーブオイルと酢と塩こしょうを混ぜたものをかけて食べる。

ミニトマトが育ってきたら、これを添えればどんな料理も彩りが良くなる。冷蔵庫に野菜がなくても、たまごと米があれば朝ご飯ができる。もしもベーコンかウインナー程度のものがあれば、ベランダからいくつか野菜を摘んで、夫の弁当ぐらいはなんとかできる。

もうひとつ、ときどき作るのが、ヨーグルトだ。カスピ海ヨーグルトは常温で発酵する。世間にはヨーグルトメーカーという商品があるらしく、いつか欲しいな、と憧れつつ、私は持っていない。一般的なヨーグルトは発酵の温度が高いので、ヨーグルトメーカーでないと作れない。カスピ海ヨーグルトだったら、種を買ってきて、牛乳と混ぜてタッパーに入れ、ひと晩置いておくだけで、でき上がる。ただ、カスピ海ヨーグルトの種は値段が高めだから、「安く食べたい」という思いがあるようだったら買った方が得なため、おすすめできない。ヨーグルトは菌類なので、植物を育てるのと少しだけ似ている。育ったら食べる、というところが面白いのだ。はちみつとペパーミントを混ぜるとおいしい。

ごはんとスープと目玉焼きとサラダとヨーグルト、というのが私の基本の朝食で、五月や十月辺りの晴れた朝には、ベランダのテーブルにそれらの皿を並べる。運ぶのが面倒だし、無難な季節でも大概は部屋にいるよりは寒いか暑いかして辛いので、部屋で食べるより快適ということはないのだが、ベランダを楽しまなければ家賃の元が取れないと考えて、無理して外に出る。風景を見ながら、箸を動かすのは気持ち良い。

他に、まだ食べていない、将来的な食料もある。アボカド、マカダミアナッツ、イチゴ、グレープフルーツは、まだ食べたことはないのだが、数年後に実がなるのではないかと期待している。

ただ、私の心持ちは、農家の人とは違う。正直、植物をおもちゃにしている。

後ろめたさが残るのは、生きようとして食料にしているのとは違うからだ。面白がって育てている。実験のつもりで食べている。おいしいかおいしくないか、もっと言えば、皿に盛ったとき様になるかならないか、というようなところが気になる。ばかな欲望だけがある。結局、遊びなのだ。芯がふざけている。

自分が生きるために必要最低限の命をもらう、という感覚はない。必死で植物を育てているわけではない。

たとえば、もしも無人島に流れ着いて、ひもじい思いをしながら畑を耕したら、今の感情とはまったく違うものが湧くだろう。

⑩ 旅欲が私を突き動かす

私は小さな世界に住んでいる。寂しさに鈍感で、人に会わなくても平気だ。メールや電話もあまりしない。ベランダでぼんやりするだけで一日が過ごせる。だが、ときどき苦しくなる。誰かに会いたいという気持ちはない。ただ、自分の思考が淀んでいるのが辛くなる。じっとしていると、知らないことが多過ぎるのに「知らない」ということ自体に気がつかなくなったり、価値観が固定されて新しいものを受け付けずに頑固になったりする。遠くに行かなくては。

旅にはしょっちゅう出る。旅行に関しては、フットワークが軽い方だ。思い立ったら準備して、さっと出かける。ひとりでも出かけるし、人から誘われてもすぐ行く。

考え方が暗く、人見知りなのに、なぜ旅にはどんどん行くのか。いや、暗い気持ちになりがちで、対人関係に自信がないからこそ、行くのだ。普段の生活に不満を持っているし、できないことが多い自分が嫌いだ。価値観を変えて新しい目で自分の生活を見直したいし、ひとりでできることをもっと増やして「自分にもできるんだ」と思いたい。あまり旅に出なくても済んでいる人は、足るを知る人なのではないか。生活の楽しみ方をわかっていて、自分に満足している人だ。しかし、私はそうではない。周囲に馴染めず、自分が大嫌いだと、この年になっても、毎日思っている。髪型を次々に変えたり、引っ越しを繰り返すのも、同じような理由だろう。今のままではいけない、新しい何かを知らなくては、そう考えるから、私は変化を選ぶのだ。

二十代の頃はバックパッカーをしていた。大体は旅行費のあまりかからない東南アジアへ行った。初めての海外ひとり旅は二十三歳のときで、行き先はミャンマーだった。ジーンズとスニーカーというかなりカジュアルな服装で出かけたのに、街を歩いていると、皆からじろじろ見られた。周囲をよく見ると、確かに誰ひとりジーンズもスニーカーも身に付けていない。全員サンダル履きで、男も女も「ロンジー」と呼ばれる巻きスカート姿だ。私はあせって、店でロンジーとサンダルを買って、着替えた。詐欺の男の子につきまとわれたり、ぼられたり、すべてに驚いて、今までの価値観が壊れた。ものすごく楽しくて、「これは、どんどん旅行をせねば」と考えた。それで、タイ、ベトナム、マレーシアなどを歩き回り、安宿に泊まった。その後、小説を書いて作家になり、しばらくして小金ができると、ヨーロッパやアメリカにも出かけるようになった。アルゼンチンも楽しかった。仕事の依頼も、「旅行に行ける」と聞いたら、絶対に断らない。若手作家の集いのために中国へ行ったのも面白かった。そのときに一緒に行った日本人作家たちと友人になり、その後もときどき、共に旅するようになった。友人の友人……、と作家の友人が増えてきて、いろいろな旅行に出かけている。

この連載の前身である『男友だちを作ろう』をきっかけに知り合った石川直樹さんと前田司郎さんとエベレストの裾野に行ったのも面白かった。

先月は、西加奈子さんと加藤千恵さんと島本理生さんと、四人で台湾で遊んできた。そういえば、ドラゴンフルーツを買った沖縄旅行も、この四人で行ったのだった。

そんな旅好きの私なので、ベランダに水遣りができないときがある。植物は毎日水を飲む。飲まなければ、枯れてしまう。旅行に行くときは、何か策を練らなければならない。

私はまず、インターネットで方法を検索した。すると、「百円ショップに『ペットボトルの口に付ける器具』がある」という情報があり、それを付けて土に差すと、水が少しずつ出て、旅行中に使える」という情報があり、

私はまず、インターネットで方法を検索した。すると、「百円ショップに『ペットボトルの口に付ける器具』があり、それを付けて土に差すと、水が少しずつ出て、旅行中に使える」という情報があった。ペットボトルに水を入れて逆さまに土に突っ込む、というのだ。なるほど、これは安上がりだ、と早速私は百円ショップへ出かけた。だが、私が覗いた何軒かの店には、その商品を置いていなかった。仕方なく、栄養ドリンクのようなものを代わりに買ってきた。土に差すと、少しずつ栄養が染み出るというものだ。しかし、植物は栄養ばかりではなく、ただの水分も必要なのだ。

旅に出ていなくても、水遣りを忘れたことはある。サボテンや木などは、しばらく水がなくても平気で生きているが、草花や野菜は、一日忘れると、すぐに萎《しお》れてしまう。ぐったりと頭《こうべ》を垂らしたり、葉っぱがティッシュのようにぺろんとなってしまったりしたのを見て、私は焦った。水を遣る。半日もすると、また元通りに戻る。結構な確率で復活するから、諦めずに水をあげる。しかし、茶色くなってかさかさになってしまったら、もう駄目だ。組織が壊れてしまっているので、水分をいくら与えても、

元の状態には戻らない。その駄目になった部分を切り取ってしまう。変に残しておくと、全体が死んでしまうからだ。一枚でも緑の葉が残っていたら、その葉だけに光合成を頑張ってもらう。茶色い箇所を全て刈り取って、緑の状態にして、復活を願う。だから、気がついたときに葉も茎も根もすべてが茶色くかさかさになってしまっていたら、なすすべがない。ご臨終だ。水をあげなかった自分が鬼のように感じられる。

あんな思いをしなくていいように、なんとか水遣りの方法を探さなくては。私はまたパソコンとにらめっこして、今度は通信販売のサイトを覗いた。すると、「毛細管現象で水遣りをする」という商品に出会った。細い管の先に素焼きのかたまりがついている。この素焼きの部分を土にさし、管のもう一方の先を水を満たしたペットボトルに差しておく。土が乾くと、毛細管現象で、ペットボトルから水がくみ上げられて素焼きに染み出す、という。毛細管現象というのはなんなのか。もしかしたら理科の授業で勉強したかもしれないが、私は忘れてしまった。おそらく、細い管にはパワーがあるということだろう。よくわからないが、上手い仕組みのようだ。五個セットで千円程度と値段も手頃だったので、これを購入し、使ってみた。難しいのは、管に水だけを通すことだ。空気が少しでも入ると、毛細管現象が起こらないらしい。そこで私は、洗濯桶の中で作業した。水道から水を出して管に通す。それから、桶の中で管の先をペットボトルに入れる。そうすると、ペットボトルから管の先まで、水で満たされる。素焼きの先を土にさせば、完成だ。

しかし、私は信用ができなかった。おそらく、毛細管現象の意味を知らないからだと思う。見た目はオモチャのようだし、電気も何も力が働いていないのに、管だけで水を遣るなんて、本当にできるのだろうか。

草はまだいい。しかし、薔薇だけは……。

私には差別の感情があった。野菜や草は枯れてもなんとか気を落ち着かせられる。でも、値段が高かった薔薇、美しい薔薇、何年も咲き続けてくれる薔薇は、枯れたら悲し過ぎる。そう思ってしまう。毛細管現象に薔薇は任せられない。

私はもう一度インターネットで通販サイトを見て、とうとう自動灌水《かんすい》器を購入してしまった。三万円もした。薔薇が死んでしまうのは悲し過ぎる。背に腹は代えられない。それに、園芸は一生やるだろうから、灌水器も一生ものになるはずで、長く使うことを思えば決して高い買物ではない。そう言い訳をしながら、セットした。水道の栓にホースを繋げておいたら、時間になると灌水器が一定量の水を流してくれる、管が十本ついているので、十個の鉢植えに水を遣ることができる、という代物だ。たとえば、一日二回、午前五時と午後三時に、五分間ずつ流れるように、と決めることができる。私の部屋は賃貸なので、取り付けが難しい。ネジもボンドも使えないので、紐を変な風に結んで、不安定な形に固定した。また、水道水も、少し漏れる。これも、十分には信用できない感じがする。

とにかく、旅行に出かけるときは、栄養ドリンクをさし、毛細管現象の管をさし、自動灌水器の管をさす。

これで、なんとか数日の留守を凌いできたのだが、私のベランダには小さな鉢植えもたくさんあるし、すべての植物をこれらの方法で面倒見ることはできない。また、ペットボトルは風で倒れるし、夏場はすぐに干上がる。自動灌水器は、土がまだ湿っていても水を遣るので、雨降りや寒い日には水をあげ過ぎてしまう。数日ならまだしも、長期にはこれらに頼れない。やはり、人間が水を遣るに勝るものはない。

今は結婚して夫がいる。二人で出かけるときはこれらをセットするしかないのだが、私のみが旅に出るときは夫に頼むことができる。人間が水を遣ってくれるのはありがたい。天気を見て、土の乾き具合を見て、鉢植えの大きさを見て、水の量を調節してくれるだろう。

　しかし、初めて夫に水遣りを任せて、友人と旅行して帰ってきたとき、草花はぐったりとしていた。ベランダに出て、「なんてこと」と私が驚くと、「ちゃんと、あげたよ」と後ろから夫は答え、ぐったりしていることに気がついていなかった。夫は、本当に水を遣ったらしい。何が悪いのか、全くわからないらしい。そうか、園芸を普段やっていない人は、水を遣るというのがどういうことかわからないのか。私は初めてそこに気がついた。ひとりでベランダに出て黙々と作業をしていたから、水遣りのことを言葉にするなんてしたことがなかったし、どういう風にするかという感覚をきちんと考えたことがなかった。園芸友だちもいないし、ずっと孤独にやってきたから、自分のやっている方法が唯一絶対のやり方だと思い込み、どうやっているかということを相対的に捉えたことがなかった。でも、よく思い起こせば、私は水を遣るとき、その植物にどれくらい根っこが生えているかを想像し、次に水を遣るときまでの時間を考え、その間に晴れるか降るかも予想し、水の量を調節していた。もちろん、その植物ごとに、水をよく吸うものか、水分過多を嫌うものかも、考えている。そういうことをするのは、種から育てているため、感覚があるからだろう。そして、何度も枯らした経験があるから、痛みを知っている。それに、植え替えをしているから、上に出ている茎や葉っぱよりも、目に見えない根の方が大きい植物もあるということがわかっている。

夫は、素直に「水を遣る」という任務を遂行したのだ。わからなかったのだ。どの植物がなんの種類なのかも判断できないし、具合が良いのか悪いのかも認識できないし、根っこがどんな風に伸びるのかも見たことがない。だから、ただ、作業として、如雨露に水を入れて、それぞれの植木鉢にちょんちょんちょんとさしたのだ。そうか、と思った。

急いで水をたっぷりとあげると、大体の植物はまた元気になった。それから、「こういう風に、やるんだよ」と夫に教えた。これからも、夫に頼みたいからだ。

夫は水遣りが上手くなった。昨年、友人の結婚式のためにハワイに行ったときも、友人たちと台湾へ旅行したときも、素晴らしい水遣りをしてくれて、帰ってきたら、植物たちが大きく生長していて、嬉しかった。

ちなみに私は明日から、富山に出張する。十日間、家を空ける予定だ。また夫に水遣りを頼む。そこで、私は二週間ほど前から、ベランダを整理していた。いつもは私しか見ないので雑然としているのだが、十日間夫から見られると思うと、きちんとしておかないと恥ずかしい。それに、水遣りは楽しいものだということを、できたら実感してもらいたい。だって、私が毎日水遣りをしている理由は、植物への愛情からではなくて、自分が楽しいからなのだ。ベランダにいると気分が良い。如雨露を向けるごとにその植物に考えを巡らせ、夢中になれる。昨日と違う姿の植物に接すると、時間の流れの速さを知ることができる。花が咲いたり、実がなったりというのに気づくのも面白い。自分の手の具合によって、植物が生きたり死んだりするということに、どきどきする。だから、水遣りがちゃんと楽しめるように、整頓した。種も蒔いた。芽が出るときに接することができたら、面白さをわかってくれるだろう、と想像したのだ。

でも、どうだろう。花の名を幾度教えても、全然覚えてくれないので、興味が全くないのかもしれない。やっぱり、まったく楽しまないで、水遣りをするかもしれない。不安だ。

とにかく私は、旅に出るのはやめられない。園芸が好きでも、毎日、休みなく植物の世話をするほどの気概はない。他の人の力を借りながら、やっていく。

80才になっても
旅がしたい

⑪ 緑のカーテン

緑のカーテンというものを知ったのは、五、六年前のことだった。少女漫画雑誌をぱらぱら捲っていると、その中に、「はげ頭のおじさんが夏の暑い日に縁側で作業をする」というシーンから始まる短編漫画が載っていた。作者やタイトルを失念してしまい、ストーリーもおぼろげなのだが、それは確か、はしごを使って屋根に何かを取り付け、そこから垂らしたネットに朝顔を這わせ、それを「緑のカーテン」と表現する、というものだった。ラストでは、日陰のできた縁側で、ビールか何か、冷たい飲み物を飲んでいた。私は、「これ、作ってみたいな。しかし、うちには縁側がないし、いつか一戸建てを買ったときに叶えるしかない。おばあさんになってから、やるかもしれないな」とぼんやり考えた。

遠い夢と思っていたのに、マンション住まいのままで数年後に実現させることになったのは、震災があったからだ。一昨年の三月十一日に東日本大震災が起こり、翌日から東京では節電が叫ばれるようになった。これまで、電気のことは「電気代さえ払えば良い」と、金の観点からしか考えてこなかった私だったが、「たとえ金が払えても、自分の使うエネルギーがどのように作られてどこから運ばれてくるかに無頓着だったのはあんまりだった」と省みた。まずは、できるだけ電気を使わない生活を目指そう。新聞にも連日、節電の方法に関する記事が載った。私はそれを切り抜いてはスクラップし、鍋で米を炊いたり、使わないコンセントを抜いたりした。最初の頃は寒かったため、「暖房を使わずに、なんとか過ごしてみよう」という意識で暮らしていた。元来私は寒さに強く、登山用の装備を着込み、足下に湯たんぽを置き、窓際で仕事をしていたらまったく平気で、これは苦ではなかった。しかも、すぐに暖かい季節がやってきたので、ひと月ほどしたら暖房のことは意識にも上らなくなった。だが、暖かくなるにつれ、今度は夏が怖くなってきた。一年前に越してきた、南向きで日当たりの良いこの部屋は、夏にはものすごく暑くなった。私はもともと暑さが苦手だ。クーラーを使わないのは地獄だ。いや、自然の温度に合わせて生活するのは健康に良いと聞くし、ダイエットにも効果がある。もしも節電のことがないとしても、クーラーを使わない方が良いに決まっている。でも、いらいらして仕事ができなくなったら生活費が稼げなくて困る。ううん、生活よりも仕事が大事、というほどの気持ちで生きているのだから、とにかく仕事ができないようだったら、やっぱり私は使おう。しかし、ここまでは自分なりに節電に努めてきたつもりだったから、まるで挫折するようで悔しい……。懊悩していた初夏、「緑のカーテンの作り方」という新聞記事が出た。

つる性のものだったらなんでも構わないらしい。窓を覆う葉によって日中の日差しを遮断し、室内の温度の上昇を妨げさえすれば良い。その記事で中心的に取り上げられていたのは、ゴーヤーだった。ゴーヤーだったら、朝顔のように目に鮮やかなだけでなく、食べられもする。私は早速、花屋でゴーヤーの苗を三株購入し、育て始めた。同時に、朝顔の種も、別のプランターに蒔いた。マンションの部屋は、リビングルームと仕事部屋にそれぞれ掃き出し窓が付いているので、リビングにゴーヤー、仕事場に朝顔を這わせることにする。

ゴーヤーも朝顔も、すくすくと育った。どちらも、自分ひとりで立つことはできない。しっかりした他の何かに頼ろうとする。まずは短めの支柱をさしてやった。違いとしては、ゴーヤーが手を伸ばすようにして一歩一歩進んでいくのに対し、朝顔は体全体で巻き付いてヘビのように登っていくことだ。ゴーヤーは、螺旋状の短い手を、次々に出す。「バネみたいで可愛いな」と思っていると、翌日にはきれいに棒に巻き付いている。おそらく、ぶらんぶらんと揺れて、頼れる何かに出会う可能性を探り、風によってしっかりした棒と出会うと、そこにくるくると巻き付いて離れなくなるのだ。そして、また新たな手を伸ばす。手だけが巻き付き、体は真っ直ぐだ。朝顔の場合は、ただひたすら茎を伸ばし、棒に体ごと巻き付きながら、天を目指す。

どちらも、あっという間に支柱より大きくなった。ネットを垂らさなければならない。腕を組み、頭をひねった。なんとかなる、と見切り発車で育て始めたが、窓の上にネットを垂らすにはどうしたらいいのだろうか。一戸建てだったら、屋根があったり、でっぱりがあったりする。購入したマンションだったら、釘を打ったり、取っ手を付けたりできる。だが、賃貸マンションでは、やりようがない。私は背伸びをして、掃き出し窓の上をチェックした。ネットを引っかけることができるようなものは一切なく、つるりとした壁があるのみだ。もちろん、釘で穴を開けたり、強力なボンドでフックを付けて跡を残すなんて論外だ。

近所の西友へ行き、陳列棚の間をさまよった。「跡が残らない」という、シールで貼り付けるタイプのフックを見つけた。耐えられる重さは、二キロだ。鞄などをかける類いのフックなのだろう。しかし、がっちりと付けられるものではマンションを傷めてしまう。とりあえず、これでやるしかない。私はそのフックを十個ほど購入し、帰ってきてから椅子の上に立って作業し、窓枠の上の壁に貼り付けた。緑色のナイロンのネットをぶらさげると、完成だ。ゴーヤーも朝顔も翌日からネットに絡まり始めた。

私は毎日、散歩をする。昼過ぎにマンションを抜け出し、近所の公園を一周し、それから駅前を歩き、書店を覗き、商店街を往復する。ずっと家にいると頭が煮詰まるし、運動不足にもなる。それに、植物と同じで、日の光を浴びずにいると、不健康になると聞く。大きな帽子を被り、虫避けスプレーを足や腕に振り掛け、颯爽と出かける。すると、街のあちらこちらで、緑のカーテンを見かけた。住宅でも、喫茶店でも、蕎麦屋でも、デパートでも、書店でも、古着屋でも、その年は、緑のカーテンを育てていた。

「どこにでもあるなあ」

自分が育てているものだから、視野の端っこに入るだけですぐに気がつく。そして、自分もそう思っているから、きっとこういうことだろう、と予想がつく。

「免罪符だ」

東日本大震災のあと、私は生活することが恥ずかしくなってしまった。新聞を見れば、津波に遭った方々の顔写真が載っている。毎日、被害の状況が明らかになっていく。友人知人から、「おばあちゃんが亡くなったの」「実家が浸水してね」「原子力発電所事故で風評被害が起こって、大変らしいよ」と聞く。大きな苦しみを味わっていない自分は、居辛い気持ちになる。息を吸うのは、まだ良い。空気はタダだし、誰かのものを奪うわけではない。しかし、水はどうだろう。ミネラルウォーターは譲り合いをする、大人は水道水を飲んで、子どもにミネラルウォーターを、といった文章を、よく見かけた。水を飲むときにいちいち、「自分はどの立場で飲むのが良いのか」と悩むようになった。そして、電気はもちろん、原発事故が起きてからの、一番の懸案事項だ。節電を心がけても、完璧な節電ができる人は稀だ。自分の能力や自分の仕事と折り合いを付けて暮らしていると、「こうあらねば」と考える節電レベルにはなかなか辿り着けない。

暮らすこと自体は困難になっていない。しかし、だからこそセンスが問われる。選択肢が多くあるような、比較的自由な暮らしができているからこそ、後ろめたさを感じずに済むように、水や電気について尋ねられたときに自分なりの答えを用意しておくように、とびくびくするようになった。実際に私を責めた人は誰もいなかったのに、この頃の私は、できるだけひっそりと、罪を隠して生きなければ、という思いだった。おそらく、多くの人がそうだったのではないか。

商店街に並ぶ店のほとんどが、「節電をしながら営業中」というポスターを出していた。したくても仕事ができない人がいる中で、のうのうと仕事をしているという後ろめたさから、ポスターを貼るのだろう。それと同じだ。節電をしながら生活中、と自分を納得させたくて、緑のカーテンを作っているのだ。

そんなとき、近所の公民館で上映された、鎌仲ひとみ監督の『ミツバチの羽音と地球の回転』というドキュメンタリー映画を観た。祝島《いわいしま》という山口県にある過疎化が進む島の近くに、原子力発電所の建設予定地がある。その計画に反対する島民たちを、カメラは追っていく。三十年近く、デモ行進を毎週月曜日に行ってきた。それぞれの事情、島に戻ってきた唯一の若者、豊かな海。島民の生活を照らし出す。そして、原発をここに置こうとする行政の考えが生まれた理由も説明する。映画は、中盤でスウェーデンに舞台を移す。スウェーデンは、脱原発を国民投票で決めたのだそうだ。電力は自由化されて、どの会社がどのように発電した電気を自分の家で使うか、自分で選択できる。水力なのか、風力なのか、火力なのか……。ゴミから発電する仕組みもあるらしい。自分の考えと、自分の財布で、決める。ある村では、自分たちで金を出し合って風力発電所を作り、電力の自給自足に踏み切っている。そして、カメラは再び祝島に戻る。「持続可能な社会」を目指すには何をしたら良いのか、模索し続ける。

震災が起こる前から、警鐘を鳴らしていた人たちはたくさんいたのだ。しかし、私は電力を自分で選ぶという発想さえなかった。与えられるものを、そのまま金と引き替えにもらえば良いのだ、と考えていた。今からでも、何かしなくては、と焦ってくる。

だが、作家である私が、活動家のようなことをするのは間違っている。第二次世界大戦時に、「戦争反対」などの言葉など一切使わず、『細雪』という日常小説を書いていた谷崎潤一郎に憧れる私が、原発についての小説を書いてしまっては矛盾する。では、仕事ではない場所で、プライベートで徹底的に勉強し、自分の生活を自信溢れるものにしたらいい。自分の考えのみで行動し、自分の選択したエネルギーで暮らせるならば、それが良い。しかし、能力も、時間も、金も、限りがあり、その状態に暮らしをもっていくのは、とても大変だろう。今の私には無理だと感じる。

私は、自分の人生を大きく変化させることなく、少しずつ知識を得たり、生活の中の小さな選択を意識したりする程度で、その後も過ごした。緑のカーテンはすくすく育った。強風が何度か吹き、その度にフックがはがれてしまうので、何度も西友に行って買い直し、貼り直したが、概ね順調に育った。本当に「カーテン」と感じられるような様子で、窓辺で揺れた。室内は、少しだけ涼しくなったような気もするが、昨年の温度を計っておいたわけではないので、実際のところはわからない。我慢できなくなって、暑い日はクーラーを付けた。

朝顔は美しく咲いた。午前中に見ると、大きな青い円が、あちらこちらで開いている。午後には汚らしくしぼむところにもまた、風情がある。

ゴーヤーは弾けた。実がなることはなるのだが、五センチほどになったところで、急に黄色くなり始め、最終的にはオレンジ色になり、パンと弾けて、真っ赤な種が飛び散った。スーパーマーケットで見かけるゴーヤーは二十センチほどの大きさなので、これでは到底食べられない。大体、ゴーヤーは廉価なものなので、買うことに抵抗がない。ゴーヤーチャンプルは、いつもスーパーマーケットで購入して作り、この夏は過ごした。涼しさやおいしさではなく、もっぱら見た目を楽しんで終わった。

その翌年も、緑のカーテンを作った。改良点としては、ナイロン製の緑色のネットを止めて、麻紐で編まれた茶色いネットに変えたことだ。こっちの方が、茎や葉の緑が美しく映える。それと、ゴーヤーのプランターを、容量の大きいものに変えたことだ。前年に実が小さいままで弾けたのは、根が張らなかったせいではないのか、と考えたわけだ。すると、やはり実が大きくなった。最初の実が十五センチくらいになったので、ゴーヤーチャンプルにして食べた。だが、次第に実のつき方が悪くなり、また弾けるようになった。インターネットで調べると、虫の少ない高層階のマンションでは、人工授粉をした方が良いらしい。そのため、雄花を摘んで花びらを取り除き、雌花のめしべにおしべをちょんちょんとくっ付けるという作業を何回かしてみた。受粉できたのか、その後、三つほど収穫できた。

今年も、朝顔とゴーヤーを育てている。かなりカーテンっぽくなってきた。

私は、自分の思うようにカーテンを作りたくて、すぐに天井に着かないように、茎を横に伸ばそうと誘引したり、下の方がすかすかになっているのが気になるから、下向きに茎を伸ばそうと編んでみたりした。だが、茎は絶対に天に向かってしか進まない。どんなに下向きにさせようとしても、どうしても上を向く。

そして、自分ひとりでは立てなくて、他のしっかりしたものに頼るしかないくせに、堂々としている。もしも、棒もネットもなかったら、地を這うしかないのに、それを恥ずかしいことだとはまったく感じていないようだ。平気で他人の力に頼って、上へ上へと進んでいく。

⑫ゴミから伸びるもの

「ゴミ」は、好きな言葉だ。私はよく、「あんなものはゴミだ」「自分はゴミだ」「全部ゴミだ」といった発言をする。わくわくするからだ。小説を書いていても、「何々(ちょっと大事なもの)をゴミにした」「何々をゴミ箱に放った」「何々はゴミになった」といった文章を書くとき、爽快感を味わう。

何が楽しいのか。大事そうな言葉のあとにゴミと付けるだけで台無しにできる、あの感じがなんとも言えない。それまでは重要だと考えていたものを、急にゴミだと捉え直すことは面白い。軽い語感も素敵だ。塵芥《じんかい》だ、屑だ、というのは言い難いが、ゴミだ、ならば口からぽーんと、すぐに出てくる。

この連載の第八回に、「残酷な人間性を持つ人の方が、園芸に向いている」といったことを書いたが、やはりそうなのだと思う。ゴミ、という言葉をためらうことなく書ける私は園芸家向きだ。間引きなんて、生かすものとゴミにするものを決める行為だ。雑草を抜くのもそうだ。抜いたものはゴミ袋に入れて捨てている。

私は生活の中で、たくさんのゴミを作っている。髪の毛を落とすし、スーパーマーケットで買った野菜や魚を食べて空き容器を生む。とはいえ、ゴミという言葉を言うのは楽しいが、ゴミを作るのは、他の多くの人がそうであるように、私も全く楽しくない。そもそも、ゴミという言葉を面白く感じるのは、ゴミを作ることに罪悪感を覚えているからだろう。ゴミの出ない人生を送れたら嬉しいのだが、実際はゴミを作らなかったという日は、これまでに一日もなかった。

野菜クズというゴミがある。大抵の人は、野菜を食べるときに、ヘタや根やスジや種を除く。根菜の場合は、皮を剝く。他の生命をもらうことに感謝をするなら、残さず調理すべきところだが、まずい料理になったら感謝どころではなくなる。皮には農薬や細菌が付いている可能性もあるから、口に入れて危ない目に遭うのはごめんだ。おそらく、「野菜クズを全然出しません」という人はいないのではないか。

昔、女優の川島なお美さんが、「私は三角コーナーを置かないんです。ゴミは溜めないで、その都度捨てた方が衛生的でしょ?」というようなことをおっしゃっていて、そういうものかと思って私も三角コーナーを捨ててしまった。私はべつに川島なお美さんのようになりたいと考えているわけではない、と思う。だが、川島さんが鳩居堂で自分の名前入り便箋を作っていると知って自分も名前入りのを印刷してもらったし、ワインをくるくる回しながらたくさん飲んでいる。ということは、やはり私は川島なお美さんが好きなのだろうか。とにかく、私にも三角コーナーがない一時期があったのだが、やはり不便に感じたので、半年ほどでまた買った。それで、その三角コーナーに、野菜クズが溜まる。

もったいないなあ、と感じる。そのゴミには、まだ生命力があるように見えるからだ。

初めてゴミから伸ばしたのは、以前にも書いたが、万能ネギだ。「ネギって、切ったあとの根っこの部分を植えると、伸びるんだよ」と友人から聞いて、やってみたのだ。晩に味噌汁に入れて食べたネギの根っこを、水に浸して取っておき、翌日、植木鉢に植えてみた。すると、どんどん伸びた。万能ネギはなんにでもかけられる。かなり節約になる。意義のある活動に感じられた。

ゴミを再生するのは非常に面白く、万能ネギが成功したあとは、これも植えられるのではないか、この種も埋められるのではないか、と三角コーナーに目を光らせるようになった。

私は、人参のヘタ、そして大根のヘタも、土に埋めてみた。しかし、根は生えてこなかった。ヘタの上に、僅かな葉が生えてきたが、すぐに干からびた。ヘタを植えて、元の人参になったら随分と安上がりだと思ったが、やはり夢だった。腐って虫を呼ぶのではないかと思い、諦めて捨てた。

ほうれん草の根も植えてみた。こちらからも僅かな葉が生えてきたが、食べられるほどではなかった。すぐに枯れた。

冷蔵庫を開けて、ニンニクのひと房をプランターに埋めてみた。コンパニオンプランツについて調べていたときに、「ニンニクは虫避けになる」という情報が出てきたので、もしもこれが根付いたら、ゴミの再生と、コンパニオンプランツの、両方の実験ができて一石二鳥だ。そして、上手くいった。すぐに土から、ぴょーん、ぴょーんと、細長い葉が飛び出てきた。しばらくして掘り返すと、小さいひと房だったはずのものが、丸く大きく膨らんでいる。ニンニクができた、と思って収穫すると、なぜだかわからないが、房のない、大きなひとかたまりになっていた。味は普通のニンニクだった。

生姜もあると便利だと思い、ひとかけらを埋めてみたが、これは全く芽が出なかった。どこに埋めたかも忘れてしまい、掘り返していない。土に還ったかもしれない。

次に、私は種に手を出した。まずは、アボカドだ。夫が三角コーナーに種を捨てていた。それを拾って、植木鉢に埋めた。詳細は以前の原稿に書いたので省くが、試行錯誤の末に大きく育ち、今もベランダに二つの鉢植えがある。すでに私の胸のあたりまで背が高くなっているので、順調に育てば、何年か後には本当にアボカドの実を収穫できるかもしれない。

そして私は、スーパーマーケットへ行って、種のあるものを選ぶようになった。ピーマンやカボチャの種も埋めた。だが、これらは育たなかった。

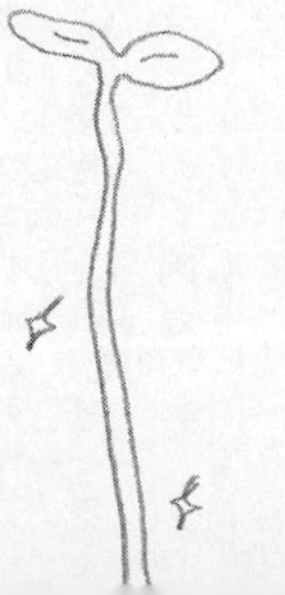

果物はどうだろうか。私は果物売り場を行きつ戻りつしながら、食欲をそそるものではなく、種が取れそうなものを探した。種が欲しいのならば、最初から種を購入すれば良いのだが、ゴミから再生させる面白さを味わいたいので、あくまで果物を買いたい。この気持ちは、まるで、ビックリマンチョコを買い漁る子どものように本末転倒だ。ビックリマンチョコというのは、私が小学生だった頃のヒット商品で、チョコレートのおまけとしてシールが付いていた。そのシールをコレクションすることに夢中になる小学生が、シールだけを抜いてチョコレートをゴミ箱に捨ててしまうということで、社会問題になったことがある。まあ、さすがに私は、果物を食べるのだが。

さて、どの果物に、育ちそうな種が入っているのだろうか。ブドウか、リンゴか、スイカか……。

そういえば、私の敬愛する漫画家である大島弓子さんの作品に、『赤すいか黄すいか』という佳作がある。主人公の女子高生は、毎月の生理のものすごい重さに悩んでいる。頭痛や腹痛のこともあるが、普段は明るく冗談好きで単純な性格なのに、その期間だけはものすごく嫌な性格になってシリアスに人づき合いをしようとするため、友人たちと上手くいかなくなる。それが何よりも辛い。子宮を取ってしまう手術を受ければいいんだ、と思いつき、行動する……、というストーリーだ。その中に、主人公が縁側に座ってスイカを食べ、種をプップッとはき出したら、数日後にそこから芽が出ていることを発見する、というエピソードが挿し込まれる。その芽はどうせ大きくは育たない、と母親から言われるのだが、主人公は感じるものがあり、芽をじっと見つめるのだ。

大島さんの他の作品に、『グーグーだって猫である』というエッセイマンガがある。『赤すいか黄すいか』は一九七九年に発表されたもので、『グーグーだって猫である』は一九九六年から二〇一一年にかけて連載されたものなので、描かれた時期は大分違う。こちらの作品では、大島さん本人が登場し、猫の避妊手術について悩んだり、自身の子宮に腫瘍が見つかって子宮を摘出する手術を受けたりすることが、率直に描かれている。

身につまされる思いで、私は読んできた。繁殖に向かわない生理はなんのためにあるのか。また、生物というものが後の時代に種《しゅ》を残すためにずっと努力をしてきたのだとしたら、そこに協力をしないのは罪なことなのか。三十四歳にして、まだ子どもを産んでいない私は、世界にとってどういう存在なのか。そうしようと思って生きてきたわけではないし、決して選り好みや高望みはしてこなかったつもりだが、いろいろ上手くいかなくて、この年になってしまった。

以前、牧野富太郎の『植物知識』という本を、「花は、率直にいえば生殖器である」という書き出しに惹かれて読んだことがある。水仙の花というものが実を結ばないことを説明し、「そうしてみると、水仙の花はむだに咲いているから、もったいないことである。ちょうど、子を生まない女の人と同じだ」とあった。この文に出会ったとき、私は大笑いしてしまった。今の時代に出版しようとしたら、校閲者が赤字を入れてくるはずだ。そのまま通して発表したら大バッシングを受けるだろう。とにかく危険な文章だ。しかし、「そう思って当然」と私は手を叩きたくなった。「言ってはいけないこと」という空気が変に蔓延しているから、現代では議論されにくくなってしまっている。思ったことを率直に書いてくれた方が、こちらも反論できるのだ。多様性のある社会だからこそ面白いのであって、子を産まない女性に理解ある男性だけが生き残れるのなら、それはつまらない社会だ（先ほどの引用に、もしかしたら読者の方々は「ひどい」と引いてしまうかもしれない。だが、牧野富太郎の文章はものすごく面白いので、これだけで判断せず、是非他のたくさんの作品を読んでいただきたい。変なところのみ引用して申し訳ない)。

ともかく、意味のない種、意味のない芽が、世界には溢れている。スーパーマーケットにもたくさんある。私は、レモンとグレープフルーツを買った。レモン汁を料理に使うときはポッカレモンでいつも済ませているのに、種のためにレモンを買った。レモンというのは、食べるというよりは、搾って数滴を使うということが多いので、ハレの日の料理でないと、贅沢な気がしてしまう。だが、買った。グレープフルーツは、大きいし、しっかりと食べるので、高いとは感じない。普段通りに買った。

そして、家に帰って切ってみると、やはりいくつかの種を包丁で半分にしてしまった。でも、無事なものもあったので、それをヨーグルトの容器に入れて水に浸し、一晩置く。翌日、土に埋めた。

しばらくすると、芽が出てきた。ものすごく濃い緑で、草ではなく木になる芽なのだ、という自負に溢れていた。

レモンとグレープフルーツはその後も順調に育っていて、現在の高さは三十センチほどだ。そのうち木になるのではないかと思う。庭からレモンやグレープフルーツの収穫ができたらすごくいい。いつか小説で一発当てて、一戸建てを建てるつもりでいるので、そうなったら、庭に果樹園を作ろう。それで、チェーホフの『桜の園』のように、自分の果樹園に思い入れたっぷりになって、そのあと小説が書けなくなって没落して、家を去ることになったら、泣くんだ。それで、「新しい生活」と叫ぼう。

だが、日本において、レモンやグレープフルーツの樹を育てている家を見かけたことがないので、やはり実がなるほど大きくするのは難しいのかもしれない。何年も育てたあとに駄目になってしまったら、今すぐに枯れてしまうよりも悲しくなるだろう。とても怖い。

それから私は、イチゴも育てている。本当は、「いただきものの高価なあまおうから育てました」だったら格好良かったと思うのだが、そんな良いものは誰からももらえないので、やはりスーパーマーケットの、安いイチゴから種を取った。イチゴの種は胡麻粒のように小さかったので、育つか心配だったが、芽が出た。どんどん大きくなり、わっさりと葉を茂らせた。もう実がなるか、と思っているのだが、全然気配がない。まったく花が咲かない。

もう二年経った。何が悪いのだろうか。ぴょーんと飛び出る茎ばかりが伸びる。「ランナー」と呼ばれるもののようだ。イチゴというのは、種からだけでなく、茎がぴょーんと飛び出て、新しい株を作る植物らしい。ぴょーんと飛び出て、離れた場所に根と葉を生やし、またぴょーんと飛び出て、離れた場所に根と葉を生やす。おかしな植物だ。

育つところを見るだけでも十分に興味深いので、もう花も実もできなくても良いような気もしてきた。

ゴミから芽が出るのは面白い。だが、努力の結果、やっぱりゴミになるというのも、また一興だ。

⑬ 奇形を愛でる

知人から聞いたのだが、江戸時代には、朝顔の奇形を愛でる文化があったらしい。朝顔の種を、何世代も作り続けていくと、奇形の花が咲くことがある。その花を楽しもうとする心が、江戸の庶民にはあったようだ。日本の風土で育った私は、「なんとなく、わかる気がする」と感じた。

まず、朝顔という花は、日本の生活によく馴染む。

私のベランダガーデンでは薔薇をメインで育てており、愛情を注いでいるのだが、それが自分らしいことだとは決して思わない。「自分の生活には似合わない外国の花を、頑張って育てている」という気持ちでいる。

緑のカーテンに咲く朝顔は、私としてはそれほど大事にしていないが、マンションにはしっくりと馴染んでいる。朝顔の花は、午前中にしか見ることができない。また、花びらに触ると、驚くほど薄い。その儚げなところを面白がる気持ち、淡さを楽しむ感覚が、日本の暮らしに合うのだ。

そして、粋を好む江戸の町人が、その感覚を研ぎ澄ませていった結果、奇形に辿りつくというのも、理解できる。

朝の一瞬にしか楽しめない、ひとつだけ咲く朝顔の花は、薔薇と違って、他人に自慢をするのが難しい。写真のない時代ならば、なおさらだ。楽しみ方にもセンスが必要で、「ああ、自分だけが、この花を見ることができた」と自己満足しなければならないところがある。他の誰かと価値観を共有して、そこに楽しさを見出すのではなく、ただ自分の中で、美を面白がるということだ。

そして、「貴族が財力を惜しまず様々な花をあちらこちらから取り寄せ、交配させて作っていく」というヨーロッパの薔薇のようなやり方でなく、「庶民が貧乏生活の中で、ひとつの花をじっくり育てて、まぐれを待つ」という日本の朝顔のやり方は、

いかにもだ。

先日、江戸東京博物館の「花開く　江戸の園芸」という展示を観に出かけた。

江戸時代に、プラントハンターと呼ばれる外国人が日本に来ることがあったそうだ。ロバート・フォーチュンというイギリスの植物学者は、日本のガーデニングは庶民のものであり、貴族の遊びではない、ということに驚いたという。

茶碗や皿に穴が開けられたものが展示されていて、鉢植えを買う金がなくても園芸熱が冷めなかった庶民の気持ちに触れることもできた。

ラストでは、人気のあった、朝顔、花菖

蒲、菊の三種類の、江戸時代における展開が紹介される。

その後、明治に入って薔薇が輸入されると、この三種類の人気はあっという間に落ちていったらしい。

特殊な朝顔についての、詳しい説明もあった。そこでは、「変化朝顔」という言葉が使われていた。それを見て私は、「なるほど、『変化朝顔』ならば言い易いな」と思った。

冒頭、私は、「奇形」「奇形」と連ねた。この言葉を使う度に、「誰かから怒られるのではないか」とびくびくする気持ちが湧いた。

奇形を愛でる。それは、現代日本においては、反社会的な行為と捉えられるのではないか。してはいけないことのような気がして、大声で言うのがためらわれる。しかし、この「ためらい」の源は、一体なんなのだろう。

よくある、皆が可愛いと言う、普通の花を好きになるのは素敵なことで、変わった、他とは違う、突然変異の花を好きになるのはいけないことだと、どうして感じるのだろう。

人に対しても、似たようなことがある。美人で、笑顔が可愛くて、感じが良い人を好きになる感情ならば素敵なことで、ぶすで、仏頂面で、感じの悪い人を好きになるのは人前では言いづらい気持ちだ、という暗黙の了解がある。誰かを好きになるとき、世間で美徳とされている性質を好きになるとは限らない。欠点とされている箇所に惚れることがある。しかし、世間に対しては、その気持ちを明らかにすることをためらう。

たとえば、結婚式では、同じような美質の表現しか出てこない。「明るい」「真面目」「優しい」「可愛い」といったような言葉だ。「仏頂面に惚れました」と表現する結婚式を、私は見たことがない。

先ほど、「ぶすで、仏頂面で、感じの悪い」という人物評を書いたが、これはまさに私だ。そして、私は正直なところ、その箇所に引け目を感じていない。もちろん、他の部分には劣等感を持っている。英語が話せないとか、書いた作品に文学賞がもらえないとか、「誰々さんみたいに、自分も才能があったらいいのに」と思うことがある。だが、ぶすとか、仏頂面とか、感じが悪いといった性質には、コンプレックスを抱いていない。普段の生活に支障がないからだ。私は、身近な人たち、夫や友人や知人から、ちゃんと好かれていることを知っている。マンションの管理人さん、道で擦れ違う人、レストランの店員さん、様々な人からの好意を、日々感じている。それも、変な顔の形や、愛想のないところや、人に冷たく接するところを、愛してもらっているように思えてならない。いろいろな言葉で、表情で、態度で、私を愛していることを、身近な人たちは私に伝えてくれる。日常の中では、「明るい」「真面目」「優しい」「可愛い」といった、「世間で言われる美質」に関する言葉を、私は言われない。しかし、世間に出ると、おべっかでこのような言葉を並べ立てられる。結婚式のような公の場では、たとえ褒める気持ちがあっても、「ぶす」だとか、「仏頂面」だとか、「感じが悪い」といったことに触れてはいけない、という空気になって、自分には似つかわしくないお世辞を言われた。仕事をして写真を撮られると、美人風にしようと画策される。普段の生活においては、出会う人に堂々と顔を合わせることができるが、仕事をして写真を撮られるときは、この顔では世間に出られないのだ、どうやって販促活動をしたらいいのだろう、とものすごく悩む。実際、「新聞に出るな」「隅っこで仕事をしろ」「作家になれる顔ではない」と、私は散々、バッシングを受けた。どうして、自分らしさを、社会における弱点として受け止めなければならないのだろう。

世間に合う長所を見つけて、世間から短所と言われる箇所は隠そうとするのが社会人なのか。せっかく個人で立ち上がり、仕事をしようとしているのに、世間の基準に合わせて、自分を良く見せようとしなければならないのか。そんなこと、したくない。たとえば、私の目は、ひとえ瞼だ。しかし、世間には、ひとえ瞼を話題にしてはいけないという空気が溢れている。ひとえ瞼の人にも他の部分に「可愛い」ところがあるのだから、そこを見つけて、目のことには触れずに、褒めなければならない。障がいを持つ人に対してもそうだ。障がいのある部分を褒めることをしてはいけない、そこには触れずに、他の美徳について称賛しよう、という空気がある。あくまで、「明るい」「真面目」「優しい」「可愛い」で行かなければならない、という体《てい》になっている。「世間の基準では欠点と感じられる箇所には目をつぶり、世間で言うところの美徳を探して、公の発言ではそこだけを褒めるべきだ」とされているように、私には感じられる。

それが、「奇形」という言葉の書き難さに繋がっているのではないだろうか。

日本は、江戸時代の終わりと同時に開国し、西洋文化を取り込んだ。庶民に薔薇の価値観が広がっていくとともに、人物の評し方も西洋風に染まっていった。「明るい」「真面目」「優しい」「可愛い」という性格を褒めるべきだ。ぱっと華やかで、目は二重瞼で大きくて、小顔、といった見た目を称賛するべきだ。もちろん、そうではない人も、この国に、「いても良い」。排除するわけではない。そういう人の「欠点」をあげつらわないようにして、なんとか、「明るい」「真面目」「優しい」「可愛い」という部分を少しでも見つけていけば良い。小さな長所でも良いから、世間に合う長所を見つけるべきだ。そうすれば、「欠点」の多い人も、「いても良い」ことになるから。そういう空気になってきたのではないか、と想像する。

私は以前、とある新聞に、「仕事をするとぶすと言われる」という文章を寄稿した。するとと、私の書いたものにしては大きいと感じられる反響があった。おそらく、「ぶす」という単語がセンセーショナルだったのだ。反響の多くは、「頑張ってください」というものだった。しかし、私はエッセイの中に、「ぶすだから、劣等感を抱いている」という意味に取れる文章は一文も書いていない。私が書いたのは、「顔に責任を持って書くタイプの作家もいるだろうが、私はそうではない。私は、顔とは全く関係のない文章を書く。しかし、だからといって、決して私は、社会的な顔を持ったままで書くタイプの作家を批判していない。顔を大事にしている人たちの仕事を尊重している。だから、人それぞれということで、私の仕事も尊重していただけないか。お互いに寛容になれないか」「世間からぶすと言われるが、私はコンプレックスを全く感じていない。普段の生活に支障はないからだ。仕事をして、世間に出たときにだけ、ぶすと言われるのだ。世間に出てバッシングをされると本の売りようがないので、販促のやり方を模索している。ただ、今ある世間の価値観に合わせる努力をして本を売ると、仕事の意味がなくなる。作家が現存の世間に馴染んでどうするんだ。だから、今の世間に合わせる気は毛頭ない。これからの世間をどう変えていくかを考えている」と書いたのだ。それなのに世間からは、「ぶす」という言葉にだけ反応されて、「ぶすだけど、頑張っている人なんだ」という風にしか捉えられなかった。読者は、「世間は変えられない。個人の苦しみの発露として文章が書かれるだけだ」という風にしか読まなかった。もちろん、私の文章力が足りないせいもあるだろう。だが、「世間というのはそういうものだ」ということもあると思う。パワーのある単語を使うと、文脈は読まれなくなる。

今回のこの文章も、「奇形」という単語のパワーに、もろくも崩れ去るのではないかと心配している。もっと文章力を身につけなくてはならない。

私は、政治家の悪口は言わないことにしている。理由は、政治だけで国を作っているわけではないからだ。皆で国を作っている。経済で、雑談で、文化で、スポーツ交流で、建築で、言葉で、写真で、演劇で、通訳で、料理で、洗濯で、子育てで、インターネット書き込みで、国を作っている。どうして日本の未来を政治家だけに背負わせた気になって、傍観者のように悪口が言えるのか。

私を「ぶす」だと言って目立つ仕事をさせないようにし、ただ「いても良い」とする世間に対して、作品を発表し、仕事を続けていくのは、正直なところ、辛い。日本は生き辛い。しかし、それは、政治家が悪いのでも、批判してくる人が悪いのでもない。私が悪いのだ。書きたいことがあるのに、それを文章に起こす能力がない。社会を変えるパワーを持った、働き盛りの三十代なのに、こういう世間しか作ることができていない。この国を選んで仕事をし、この国を作っている、それなのにこの国を生き辛く感じる私が悪い。もっと文章力を身につけなければならないと思う。

こういうことを書くと笑われるかもしれないが、日本文学史をどのようなものにしていくか、ということを、日々考えている。文学シーンの主流の仕事をしている作家ならまだしも、傍流の端の端で仕事をしている作家がこんなことを考えている、というのは可笑しいだろう。まあ、たとえ主流の作家が言ったとしても、それはそれで「文学史をどうこう言うのは、要するに『文学オタク』を対象に仕事をしたいということだろう」という可笑しさが出るかもしれない。しかし、日本文学史をどうしていくかというのは、国作りなのだ。文学者向けの、小さい仕事ではない。

どのように海外の文学を取り込むか、日本文学をどうやって外国に伝えるか。それは、直接には文学に関係しない生活をしている人たちの人生をも変える仕事だ。国の雰囲気が変わっていくからだ。

⑭台風の日に生まれた

私が生まれたとき、外では激しい台風が吹き荒れていたらしい。昔、母がそう言っていた。それで、父親が病院に来られなかった、と。

そのせいか、私は今も、台風が嫌いではない。いや、嫌いではないという消極的な言い方よりも、好きだ、と言いきってしまうのがしっくりくる。こういう好みを明らかにすると、台風のせいで危険な目に遭った方からは、不謹慎だと怒られてしまうかもしれないが……。

台風が近づいてくる不気味な気配、低気圧の重苦しさ、豪雨を避けて部屋に籠もるときの世界の終わり感、そして、台風一過の青空の素晴らしさ。それぞれの瞬間に、いちいちテンションが上がってしまう。天気の急激な変化は、生まれた瞬間に味わったことだから、私にとっては馴染み易いのかもしれない。

今年も、台風の多い季節がやってきた。誕生日付近に台風が来ることが多いので、セルフイメージも台風に重ね合わせている。性格が、台風っぽい。友人を見ていても、それぞれ似合う天気がある。「晴天」「薄曇り」「しとしと雨」「細雪」「天気雨」「穏やかな陽気」「鮮やかな夕焼け」など、性格にぴったりきそうな天気の言葉がある。自分はやはり、「台風」だと思う。

ツイッターやブログに、「わーい、台風だ」と書こうものなら、すぐに炎上してしまうだろうから、決して書かないが、このような文芸作品としてのエッセイなら、できるだけ正直に書かなければいけない。昔の作家の書いたものを読んでいると、「不謹慎な」「今だったら、炎上するわ」「こんなのを現代作家が発表したら、叩かれまくるぞ」と思える感情でも、感じ方に忠実に書かれてあるように見える文が多い。昔は、関東大震災に関する記述も、今の作家よりも素直な心を綴っていて、善人ぶらない。

マスの反応を直に感じる機会が少なかったからということもあるだろうし、揚げ足を取って「つっこみ」を入れるという空気があまりなかったからということもあるだろう。現代では、文脈は汲み取られ難くなっていて、一単語でも批判を受け易い言葉を入れたら、そこだけをコピーアンドペーストされ、拡散されてしまう。恐ろしい時代だなあ、と思うが、他の場面では便利さや快適さを味わっていて、やはり私は現代社会のことが好きだから、この社会でどうやって文章を発表していくのがベストなのか、模索していくしかない。

とにかく私は、「台風が来る」と知ると、浮き足立つ。非日常に浮かれる。傘の骨が折れると笑ってしまうし、いそいそと食料を買い集めて部屋籠もりの準備をするのもキャンプみたいでわくわくする。水たまりでスキップしてしまう。

ここ数年、台風準備として一番に行うことは、ベランダ菜園の鉢を移動させることだ。自分が怪我をしたり、植物が折れてしまったりということは、もちろん避けたいことではあるが、そこまでは怖くない。それよりも、加害者になるのが恐怖だ。今までの経験から、そう簡単に鉢は壊れないと思っているのだが、やはり、もしも鉢が割れたり、その破片が飛ばされて人の迷惑になったら、と想像してしまう。だから、新聞に台風情報を見つけると、ベランダから玄関へ鉢をどんどん移し始める。

これは力仕事なので面倒なのだが、大概はひとりで行う。玄関とベランダを行き来し、せっせと運んでいく。玄関がいっぱいになったら、風呂場に置く。緑のカーテンのプランターなど、大き過ぎるものはそのままだ。根を張らせるために大容量の土が入るプランターを使っているので、これを運ぶのは至難の業だ。大体、もしもこのプランターまで飛ばされるとしたら、それはベランダ自体が倒壊するほどのものすごい強風が起きたに違いないので、そのときにはプランターどころの騒ぎではなく、マンション自体がおかしくなっているはずだ。それと、プランターはプラスティックなので、万が一、何かしらが起こって端っこが壊れたとしても、大して危険ではない。

緑のカーテンの根の部分は、このようにどっしりしているので、大概の台風ではびくともしないのだが、蔓や葉が茂ってネットに絡まっている部分は、結構な割合で外れる。数話前の、緑のカーテンについて書いたところで触れたが、私の住んでいる部屋は賃貸であるため、釘や、跡が残る強力なフックは取り付けられない。だから、「跡が残らないフック」という、おそらく帽子や鞄をひっかけるための商品を壁に貼って、ネットを吊るしている。台風が来ると、そのフックのいくつかは飛ばされて、ネットがぶらーんとなる。今も、ぶらーんとなっている。昨年は、何度もフックを買ってきて付け直したが、今年は、今回の台風でのみ外れた。それでも、かろうじて二個ほどはくっ付いたままなので、ぶらーんとはなっているが、ネットは完全には落ちていない。それと、蔓が茂り過ぎて、ネットからはみ出して、薔薇の支柱や、網戸の細かい目にも絡まって、体を支え始めているので、フックがいくつか落ちたところで、完全には落ちてしまわないのだ。

そろそろ緑のカーテンの季節は終わって、寒い季節に入るので、もうフックは買わず、この「ぶらーん」の状態で、過ごそうと思っている。落ちかけのネットが掛かる窓の景色というのも、乙なものだ。

ついでに書くと、今年の緑のカーテンは、かなり成功した。プランターを大きくしたり、肥料や土を変えたり、なんども栄養の液を垂らしたりと、育て方を毎年改良してきた成果が出て、たくさんの実がなった。この夏は、ゴーヤーチャンプルーを四度も作った。作った、というか、これは夫の得意料理なので夫に作ってもらった。数年前、独身時代に新宿御苑へ花見にいったとき、「それぞれが弁当を作って持ち寄ろう」という話でまとまっていたため、私は腕によりをかけ、時間も一時間半ほどかけ、鶏の照り焼きを作っていった。夫が持ってきたのは、ゴーヤーチャンプルーだった。鶏の照り焼きとゴーヤーチャンプルーだと、どう考えても、炒めるだけのゴーヤーチャンプルーの方が手軽な料理だと思うのだが、そのときは、料理の全くできなかった夫ができるようになろうと発奮して初めて作ったために、その初々しさや力みがゴーヤーの切り方や肉の炒め方に漲っており、見た目も味もゴーヤーチャンプルーの方が勝っていた。それが悔しかったので、夕食がゴーヤーチャンプルーになる際は、「夫の作る方がおいしいものね」と言って、必ず作ってもらっている。

夫といえば、昨年だっただろうか、私が旅行をしているときに、東京へ台風が来たというニュースを知り、「大丈夫か？」とメールをしたら、「鉢植えは玄関に移したよ」と返ってきて、妙に嬉しかった覚えがある。日頃、ベランダは私の領域という認識があったので、こそこそ運び、いちいち説明していなかった。台風情報が入るのが、夫のいない昼間が多いということもあった。夫は、帰宅したときに、ドアを開けたら足の踏み場がないので笑っているだけだった。他人事だと思っているのではないかと、想像していた。

だが、やはりわかってくれていたのだ。「台風のときは、ベランダから鉢を移す」というのを頭にインプットしてくれていたのだなあ、と感じ入った。

帰宅すると、ベランダが滅茶苦茶になっていて、「ごめん、元のポジショニングを忘れてしまって、全く元通りにできなかった」と言われたのは、ご愛敬だ。

滅茶苦茶でもそれほど不都合はない。「玄関から鉢を運んで、ベランダの空いている場所に置いていく」という作業よりも、「ベランダの中で、ひとつずつ位置を交換して、空きを作っては、鉢の模様替えをしていく」という作業の方が面倒であるため、しばらくは滅茶苦茶な配置のまま、水遣りをしていた。ただ、自分としては、どの花とどの花が隣りで、どの野菜とどの野菜が近くで、という、馴染みの配置があるので、やはりそのうちに違和感が出てきて、少しずつ戻していった。

ともかくも、台風のときは、玄関がうっそうとして、足の踏み場がなくなる。これも、面白い。どこかへ出かけて、帰ってくると、大概はそのことを忘れているので、ドアを開けたら、葉っぱが顔に当たりそうになり、笑ってしまう。壁伝いに、そうっとつま先立ちで玄関を抜け、靴を脱いで部屋に入る。退屈な日常を抜け出した感じがして楽しい。

昔、書店でアルバイトをしていたときに、店長から、「台風が来るので、早く帰ってください」と言われ、早めに店を閉めて帰ったことがあった。ああいうのは、本当に嬉しい。小学校でも、悪天候のせいで通常よりも早く帰宅させられたことが、何度かあった。日曜日や祭日も嬉しいものだが、このように突然訪れる、天気による休暇は多大な喜びがある。

自分の力ではどうにもならないこと、いや、人間の力ではどうにもならないこと、というのが世界にはある。わけのわからないものの意志によって、自分たちの休暇が訪れる。もしかすると、わけのわからないものの意志によって、いつかは、永遠に続く休暇が訪れるのかも知れない。それは寂しいことだが、でも、それが世界だ。

私は、決して世界の外には出られない。わけのわからないものから、自分の身を守る術《すべ》を知らない。ある程度までは、逃げられるかもしれない。気象庁が台風の進路を予測し、その情報を私が受け止め、外出を避けるなり、鉢植えを玄関に移すなりして、不幸から身を隠す。でも、完全には、隠れられない。いつかは、わけのわからないものの前にひれ伏し、死ぬだろう。

もしも、自分の努力次第でどうにでもできる世界で生きていくことになったら、荷が重すぎて、毎日が苦しくなるに違いない。頑張っても仕方がないこともあるのだ、ということを、台風が来たときに感じることができて、嬉しい。どうにでもなれ、と楽しくなってくる。

また、これは多くの人から共感していただけるだろうと思うのが、台風一過の空というものは、とてつもなく素晴らしい。窓がぎしぎしと鳴る不安な夜に寝ついて、朝になって目を覚まし、窓を開けると透明な青があるときの驚き。空もたまには掃除をしなければならないのだな、と思う。ものすごいバキューム力の掃除機で吸ったか、巨大な箒で掃いたのか、塵ひとつない空だ。普段の空だって美しいのだが、掃除をされたことで、普段の空の美しさは決して透明なものではなかったのだな、と知る。ツイッターを覗くと、多くの人が朝焼けを写真にして、アップしている。台風の恐怖を味わったあとだから精神的に美しさを味わい易くなっているのかもしれないが、実際に空がきれい過ぎるということもあるだろう。

透明な大気圏を突き抜けて、日光が降ってくる。台風のあとに、植物たちをベランダに戻していくと、その真っ直ぐな光を受け止めて葉が輝き出し、木や花がそれぞれ、台風一過を喜んでいるように見える。

過保護な人間に守られていない植物たちは、台風によって折れたり、流されたりもしているのだろう。でも、存外、平気な顔をして受け止めていそうだ。植物は、個の意識では生きていない。太陽が好きで、強風は嫌いだろうが、台風のようなわけのわからないものを、世界から排除したいという意思は、持っていないだろう。

やはり、台風は世界に必要だ。

それでも私は、人間社会と上手く関わる方が大事なので、「台風好き」をツイッターには書かない。ただ、エッセイや小説の中では、「不謹慎」と思われる、このような感情を言葉にしていきたいと思う。何しろ、台風生まれなのだから。

⑮「借景」について

ベランダは、私が毎月賃貸料を払っている部屋に付随するものだ。だから、私は自由に鉢植えやプランターを置いて、ミニガーデンを作っている。とはいえ、購入はしておらず、借りているだけなので、緑のカーテンを作る際は、釘などの跡が残るものを使わず、いつか部屋を返すときに、家主にすんなり返せるように、と考えている。これはおそらく、現代日本で生活する者の一般的な感覚だろう。金を払い、法的に権利のある間のみ、自分の置きたいものを置き、そこを「自分の場所」と認識する。

だが、文学においては、「自分の場所」という言葉が必ずしも、金を払ったり、法律で主張できたりする土地のことだけを指すとは限らない。

古代には、法律という概念がなく、金を出した人が土地を所有するという考えもなかった。ただ、「私の場所」と思う気持ちはあったに違いない。自分の住んでいる場所、あるいは、自分にとって思い出深い場所、または、自分から見えている場所を、「私のものだ」とする感覚は、それを認識したときに、人間の脳内に自然に浮かんでくるものなのではないか。現代人の私も、懐かしい土地を見たとき、なじみ深い部屋を見たときに、法的な所有がどうなっているかに関係なく、「私の土地」「私の部屋」と呟きたくなることがある。これは人間本来の心の動きのように思える。子どもの頃から、「ここは私の場所」という科白を、何度も吐いてきた。金がどう、法的にどう、というものは、大人になって日本の現代社会に揉まれ、少しずつ身につけてきた、本来の感覚とは別の、後から刷り込まれた価値観にすぎない。その土地を誰のものだと表現するかに法律を用いるのは、古今東西の誰にでも通用するような絶対的なことではないのだ。

武田百合子が書いた『富士日記』という名随筆がある。小説家の武田泰淳の妻である百合子が、富士山の側で過ごす日々の生活のことを、自由奔放な文章で書き表したものだ。元の文章は、発表のためではなく、家族に向けた記録ノートとして綴られたものだったらしい。百合子は元々、文章を書くことに興味がなく、泰淳に記録を付けるようにとノートを渡されて、嫌々始めたようだ。その証拠に、始めたばかりの頃は交換日記のごとく、ある日は泰淳が書き、また別の日は娘の花が書き、百合子の綴っている日は、朝晩に何を食べたか、ガソリンがいくらだったか、といったいわゆる生活のメモ書きが多い。それがだんだんと、百合子のみによる長文になっていき、窓から見える風景の描写や、人間や動物の死についての考察や、富士山という山の観察が、豊かに語られるようになっていく。百合子は秀才型ではなく、天才肌の文章家だ。読んでいると、どんなに文章力を上げる努力をしても、どんなに勉強ができるようになっても、こういう文章は書けるようにはなれない、これは百合子にしか書けないものだ、と圧倒される。

窓から見える風景の描写には、たとえば、こんな文章がある。

暮れ方のサクラは一番きれいだ。何度も視てやる。これはみんな私のものである。

（『富士日記』上巻　昭和四十一年五月一日）

朝ごはんのとき、西の原っぱに虹が低くゆるゆるとたつ。ごはんを食べながら見ている。「この景色、あすこからここまで全部あたしのものだぞ」と言うと、主人は知らん顔をしていた。また始まったというような顔。

（『富士日記』下巻　昭和四十六年八月五日）

ここに書いてある、「私のものである」「あたしのものだぞ」という言葉は、決して所有を主張するものではないだろう。では、一体どういう意味なのか。よくはわからない。深く捉えようとしても仕方ない言葉のように感じられる。説明できるものではないだろう。しかし、ものすごく肌に馴染む。素晴らしい景色を目にしたときに言う、「あたしのものだぞ」という科白は、人間の実感にぴったりくる、完璧な言葉ではないだろうか。

「借景」という言葉は、庭造りをする人が用いるものだと思うが、この言葉は使わないにしても、日常において多くの人が、この感じを体験している。家に属しているものではないけれども、自分の家が好きな理由は、窓から見える自然が素晴らしいからだ。どこどこのレストランに行く理由は、その店の窓から見える景色が素敵だからだ。また、そもそも、家を建てるときに、これが見えるはずだから、ここに窓を付けようと考えたり、お客さんに眺望を楽しんでもらいながら食事を提供したいと、そのビルの一室を借りてレストランを開くことを決めた人もいる。

私も、今住んでいるマンションの部屋を借りた理由が、内見をしたときに見晴らしの良さを感じたからだった。部屋の設備は古く、フローリングではなく絨毯敷き、壁紙は年月を感じさせるもの、キッチンは幼い頃に住んでいた実家のものよりも旧型で、部屋の中に評価できるものは何もなかった。ただ、空が大きく、眼下にはビルもあれば、豊かな緑もあり、遠くに山々の稜線も見えた。ひと目で気に入って入居を決め、引っ越してきて、さらに驚いたのは、天気の良い日の朝や夕方に富士山らしき山が見えたことだった。あの形はどうしたって富士山だ、と考え、でも、こんなにもくっきりと見えるものだろうか、といぶかしみ、数日してから、外出時にマンションのエントランスを抜ける際、管理人さんから、

「どうですか、住み心地は?」

と尋ねられ、

「とっても気に入りました。ベランダからの景色がきれいなんです」

と答えると、

「富士山が見えるでしょう」

と言われ、やっぱり、と得心した。

富士山が見える、というのはとても嬉しかった。ずっと見えているわけではないところもいい。昼間は手前にある山々のなだらかな稜線が見えているのみだ。また、雨や曇りの日は、朝や夕方でも富士山は全く見えない。見えるときでも、色や雰囲気が毎回違っているので、ひと際美しく見える朝は、何か良いことの前触れのような気がして、じいっと見詰めてしまう。

富士山以外の風景も気に入った。

季節ごとに、木々の色が変わり、桜の時期にはピンクが棚引き、紅葉の時期はオレンジにぼやける。

ビル群は昼間はそれほど面白味がないが、夜になると、薄いオレンジ色や青白い色など、蛍光灯の色に窓が輝き出して美しい。また、ずっと遠くの方に、橋のように見えるものがあって、何橋なのかは判然としないのだが、海か川がその辺りにあるのだろう、夏のある夜、そこに打ち上げ花火が何発も上がるのが、小さく見えた。

こんなにも景色が良いということを、不動産屋さんも、家主の方も、ご存知なかったのではないだろうか。もしも私がこの部屋を誰かに貸すとしたら、賃貸料をもっとふっかけるけどなあ、と思う。

あるいは、多くの人は家でする仕事に就いていないから、窓からの景色をあまり楽しまないし、価値があるとも感じないのかもしれない。家でこつこつ文章を書く仕事をしている私に、うってつけの部屋だ。

住み始めた頃は有頂天で、武田百合子の科白を真似て、

「私のもんだー。富士山も、木々も、空も、私のだー」

と叫んだことがあった。近くに人は見えなかったし、隣り近所の声がうちに聞こえたことがなかったので、こちらの声もおそらく聞こえないだろうと、結構大きな声で言った。

まあ、しかし大声は一度で十分に気が済んだので、以降は小声になった。「今見えているもの、全部、私のものだ」と、窓を見ながら呟く。

公の場では、人様の土地のことや、世界遺産のことを、自分のものだなんて少しでも言ったらすぐにバッシングを受けそうで、到底口に出す気にならないが、ひとりっきりで部屋にいるときは、好き勝手に言葉にする。

しかし、どうして公の場では、たとえふざけてでも「私のものだ」と言うと、怒られそうな感じがするのだろう。土地というものは、何人もが同時に所有するのが難しいからだろうか。そういえば、領土のことでいがみ合いが続いているし、実際には金や法律では完全に割り切ることのできない、かなり曖昧で、且つセンシティブなものなのかもしれない。

私の家の近くには、広い公園がある。そこにはホームレスの方はいないのだが、旅行などで違う土地に出かけた際に、その街にある広い公園に寄ると、ホームレスの方が建てた家を目にすることがある。完全なる「借景」で建ててるなあ、と感心する。公園というものは多くの場合、国や地方自治体の所有になっている。そして、「公共の場」と定義されている。だが、大概は、ホームレスの方は住んではいけない、ということになっており、家が建てられた場合はルール違反とみなされ、国や地方自治体の側はできるだけ追い出そうとするようだ。「公共」なのに、住んではいけないというのはどういうことなのだろうか。そこのところは、私にはよくわからない。

誰のものでもない場所、誰が何をしても構わない場所というのは、もう地球上にはないのだろうか。古代においては、皆が自分の好きな場所を見つけて、そこに家を建てていたはずだ。ホームレスの方のやっていることが、ものすごくおかしなことだとは、私には思えない。また、「公共」という言葉を聞いたときに、その真の意味とは裏腹に、排他的なイメージが強く感じられるのは何故なのだろう。

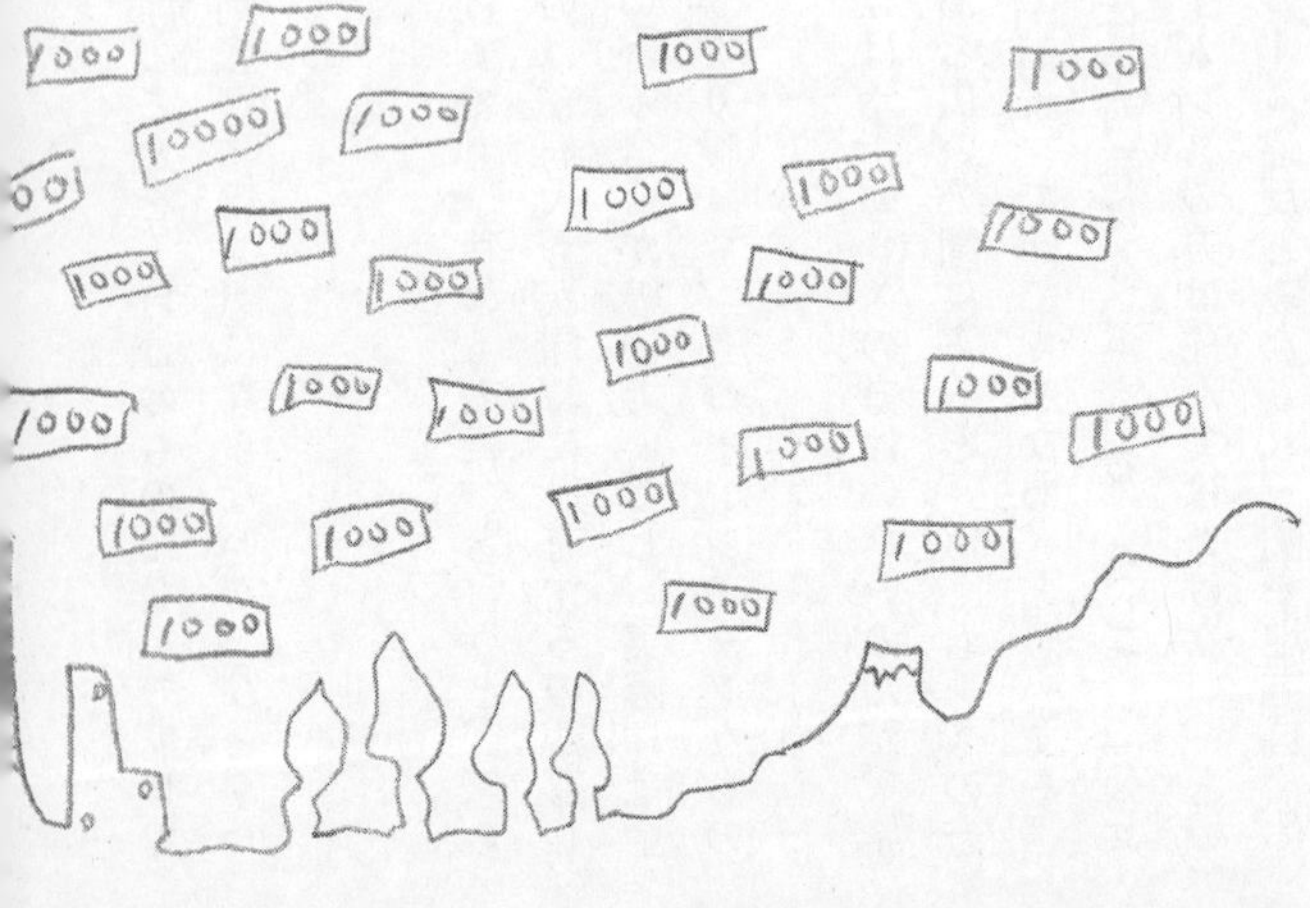

中学生の頃、ローラ・インガルス・ワイルダーの『大草原の小さな家』シリーズにはまったことがある。この作品は、ワイルダーの自伝的小説で、ローラの父親は家族を引き連れてアメリカ西部を移動していき、土地を開拓しながら、様々な家を建てていく。土を掘って作る横穴式のものもあれば、木を切って組み立てた丸太小屋もあった。ああいったものはおそらく、土地を購入してはおらず、見つけた場所に勝手に建てていたのではないだろうか。そう考えると、ローラの幼少時代である、一八七〇年代辺りのアメリカ西部では、自由に家を建てられる風潮があったのかもしれない。素朴な料理や、カントリー風の家具に憧れて私は読み進めていたのだが、ひとつ気になったのは、ネイティブ・アメリカンを指す「インディアン」のことだった。おそらくローラたち白人が移住してきたことによって、元々暮らしていた土地から追い出されていったのだろう。この小説の中では、「インディアン」は恐ろしい存在であるという描写がされがちだ。その時代の書き手として

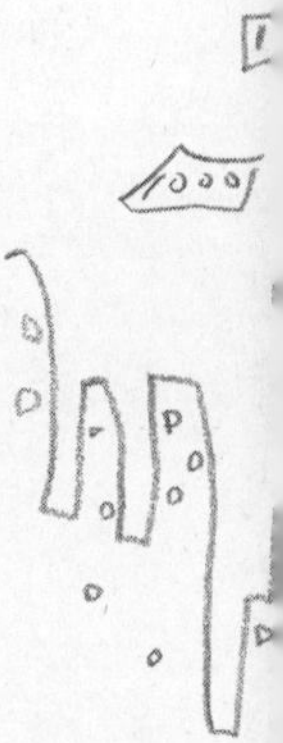

は仕方のないことだと思う。土地を巡って、これまでも多くの人が、追い出したり、追い出されたりしてきた。それぞれの立場と、それぞれの正義があって、自分の見つけた土地に自由に家を建てられるという時代でも、決して全員がのびのびと楽しく暮らしていたわけではなく、悲しい出来事がたくさんあったのに違いない。

「この場所は、私のものだ」という言葉は、人間が心の底に持つ、潜在的な欲求を表したもので、この科白をのびのび言えたらどんなにいいだろう、と憧れる。だが、この科白のせいで戦争が起こったり、ときには弱者が追い出されたりもしてきたのだ。線引きしたり、家を建てて陣取ったりすると苦しいこともいろいろありそうだから、私は当分のところは見ているだけでもいいかなあ、という気もしてきた。いつか一戸建てを買って、庭にアボカドなどの木を植え、畑も作りたい、と夢見ていたが、もう貯金も尽きてきたし、今のマンション暮らしの中で「借景」を楽しみ、「景色はみんな私のもの」と呟いているだけの方が、気楽でいい。景色は、何人もが同時に同じものを見ても平気で、それぞれ楽しむことができるから、良かった。他の人から景色を奪って見なくてはならないのだったら、相当な苦痛が伴うところだった。

⑯キノコの季節

　ベランダの盛《さか》りは過ぎた。緑のカーテンは終わりにし、麻のネットごと燃えるゴミに出した。夏の間は、野菜も花も日ごとにぐんぐん伸びていたが、今は生長が止まり、枯れるものも出始めた。秋めいてくると、暑い時期は葉を茂らせていただけだった薔薇が、また花を咲かせ始めたので、それだけは面白い。ベランダテーブルでのんびり眺めたい、という思いも湧いてくるのだが、たびたび台風がやってきて、また肌寒くもなってきたので、外で銀色のテーブルに座る気持ちにはなれず、薔薇は切り花にして花瓶にさし、ダイニングテーブルに飾った。

トマトやゴーヤーの収穫も終わり、野菜はスーパーマーケットへ買いにいく。今、店頭で大きな顔をしているのは、キノコたちだ。エノキ、シメジ、ナメコ、椎茸、舞茸、松茸、エリンギ、どれもものすごくおいしそうだ。

私が中学生の頃に見たテレビ番組で、「松尾芭蕉は、奥の細道を旅している途中で、キノコを食べ過ぎて死んだという説がある」とナレーションが入っていたが、本当だろうか。私の記憶の中では、毒キノコではなく、「キノコを食べ過ぎて死んだ」と、ナレーターがはっきり言っている。うっかりひと口食べたキノコに毒があったというなら想像し易いが、死ぬほどの量のキノコを食べるとは、すご過ぎる。もともと松尾芭蕉はキノコが好物で、客として訪れた家で夕食に出されたキノコがあまりにおいしく、もう結構な年で消化能力が衰えていたというのに、腹一杯食べたため、そうなった、ということだった。ただ、もう二十年くらい前の番組なので、定かではなく、あとから私が想像で付け加えた部分もあるかもしれない。

寿司だとか、天ぷらだとか、いわゆるごちそうを満腹になるまで食べるというのならばまだわかる。しかし、キノコって、何。たくさん食べるようなものではないし、第一、そんなにおいしくないでしょう、と十五歳の私は思った。ものすごく変な話だと感じたので、頭に残ったのだ。

だが、三十を過ぎると、味覚がすっかり変わった。若い頃はグラタンだのシチューだのをおいしいと感じ、甘い物もそれなりに食べていた。そして、ゴボウやネギやミョウガや山菜やキノコなどは、どちらかというとまずいと思っていた。あれば食べるが、積極的に食べたいものではなかった。しかし、私は今、グラタンなどのホワイトソース系を食べることが滅多になくなった。甘い物はむしろ苦手で、あれば食べないこともないが、人と一緒に食べるときに少しお付き合いする程度で、自分から「ケーキ食べたい」とは絶対に思わない。いただきもののクッキーは夫に全てあげている。そして、ゴボウやネギやミョウガや山菜やキノコは、今や完全なる好物だ。スーパーでおいしそうなものを見かけると、ついつい籠に入れてしまう。松尾芭蕉のように死んでもいいから、とまではさすがに思えないが、キノコを腹一杯食べたい、という気持ちはある。

私はキノコを買い漁った。キノコごはん、キノコソテー、キノコ味噌汁、キノコチャーハン、キノコのペペロンチーノ、キノコのナポリタン、キノコスープ、焼きキノコなどを作った。本当においしい。歯ごたえも香ばしさも種類によって少しずつ違っているので、何種類かのキノコを組み合わせて調理するとそれぞれが引き立て合って さらに美味だ。

味だけではなく、キノコはフォルムも良い。ちょっと虫っぽいというか、今風の言葉で言うと、「キモ可愛い」という感じか。

四年ほど前のことだ。友人と一緒にサンフランシスコへ旅行した際、その友人の知り合いのご家族と食事を共にする機会があった。そのお家《うち》には、当時十五歳くらいだっただろうか、ゴスロリ好きの美少女がいた。ゴスロリといっても、ゴシック風のアクセサリーをちょっと着けていたり、裾にレースが付いた黒いスカートを穿いていたり、といった程度のことで、決して浮くような格好ではなく、ちゃんと周囲に馴染んでいた。

アメリカ人の女の子が、日本のゴスロリ文化を好み、そういう小物を集めようとしているというのが、私にはとても新鮮に感じられた。日本の雑誌を見て、そういった文化に興味を持ったらしい。日本語も覚えたい、とのことで、「私、キノコ、好き」とカタコトの言葉で伝えてくれた。そして、メモ用紙にキノコの絵を描いてくれた。

日本人でありながら、あまりゴスロリに詳しくなかった私は、キノコもゴスロリのモチーフなのか、と驚いた。いや、本当にゴスロリに含まれるものなのかは知らないのだが、言われてみると確かに、毒キノコはダークなイメージだし、少女向けの雑貨屋に入るとキノコのイラストがプリントされた文房具や小物が結構ある。キノコというのは、「KAWAII」ものだったのだ。

ここまで書いてきたキノコの話は、私のベランダに関するものではないので、この連載のテーマから外れるのではないか、と思われた読者もいるかもしれない。だが、告白しよう。キノコは、私のベランダにも生えたことがある。キノコが生えたというと引かれるのではないかと不安で書くのをためらっていたのだが、実は生えたのだ。

二年前のある日、ドラゴンフルーツの鉢植えに、謎のキノコが突然生えた。ドラゴンフルーツは大きな鉢で育てているので、土の表面が大きく空いているのだ。そこに、ちょこんと二センチほどのものが生えていた。形状としては、完全にナメコだ。食べても平気なのではないかと思われた。だが、「普通のキノコと見分けがつかない毒キノコがあるから専門家と一緒でなければ自然のキノコを口にしてはいけない」と聞いたことがあるので、止めておいた。昔のマンガによく、掃除をしていない部屋にキノコが生える、という表現があった。しかし、言い訳がましいが、私のベランダは、掃除していないとか、汚らしいといったことはないと思う。どう考えても、胞子が飛んできて、たまたま土の上にのったというだけだろう。十一階まで胞子が来るのだなあ、と感慨深かった。でも、キノコの生えるベランダなんて、イメージが良くない。すぐさま抜いて捨てた。

しかし、朝に抜いたはずのキノコが、夕方に見ると、また同じ形状で存在しているのだ。どういうことなのか。

つまり、胞子があると、半日で通常のキノコの形状のところまで育つということだ。そして、その形状になったら、すぐに傘から胞子が落とされる、ということなのだ。それから、キノコと私の攻防が始まった。朝に抜いても、夕方にはまた同じものが出現する。そこで、夕方にも抜く。すると、翌朝にはまた同じものが生えている。それを抜く……。

十日ほど、毎日これを繰り返した。

その頃にちょうど、「書店まわり」といって、新刊を出版した際に書店を訪問して

挨拶するという仕事があった。書店員さんに雑談として、ふとこの話を漏らしたら、

「そうなんですよ。キノコというのは、ものすごい繁殖力なんですよ」

と返ってきた。その方もキノコが生えたことがあるらしい。

ということは、キノコの胞子は想像以上に、空気中を漂っているのではないか。マンガの中のように、押し入れにキノコが生えるのは、確かに掃除をしていないからだろうが、ベランダに出している鉢に入っている土に対して、掃除機をかけるわけにも、雑巾で拭くわけにもいかない。そこいら中に胞子があるのだから、防ぎようがない。

いや、シャベルで土の表面をすくって捨てることならできるか。私は、キノコを抜いたあと、その周辺の土も捨てる、という作業を付け加えることにした。目には見えないが、この土はきっと、胞子まみれなのだ。

しかし、それでも、キノコは繁殖を繰り返した。この攻防は、一ヶ月近く続いた。だが、やがてキノコが根負けしたのか、生えるのを止めてくれた。ほっとしたが、少し寂しくもなった。

勝手に生えてくると、まるでベランダが不衛生で管理が行き届いていないように感じられて嫌だったが、自分の意志でキノコを育てていたら、逆に格好いいのではない

か。エリンギや松茸を自分で育て、収穫したら、さぞや面白いだろう。インターネットで調べてみると、「キノコ栽培キット」なる商品があるらしく、自宅でキノコを育てるというのは、夢ではないようだ。そのうち、やってみよう。この連載を始めたときも、秋になったら「キノコ栽培キット」を買って、キノコ栽培自慢を書くんだ、とはりきっていた。

だが、私は今、キノコを育てていない。理由としては、かつてない仕事量を抱え、頭がぱんぱんになり、とてもキノコを育てられる精神状態ではないからだ。こちらの事情を書いてもあまり面白くならないかもしれないが、私はこの一、二ヶ月の間、休みなく、隙間時間にはすぐにパソコンを出して仕事をするというノマドのような生活をしている。しばらくぶりの単行本出版の準備に奔走し、その小説の舞台が書店だったこともあり、「そうだ、日本各地にある書店を訪問してみよう。今までは、『書店まわり』も、トークやサイン会などのイベントも、東京で行っていたが、いつかは東京ではない書店に行ってみたいと思っていた。せっかくの書店小説なのだから、今回、行ってみよう。しかし、自分から名指しで出かけると、出版社さんが一所懸命築いている書店さんとの関係を尊重していないことになってしまうから、書店さん側から、

『うちでは、ナオコーラが来たら、嬉しいんですよ』と言っていただくようにできないだろうか。というのは、これまで、出版社さんと書店さんとの関係で伺う書店へ、私自身が行ってみると、『作家が来ると、時間が取られて大変だなあ』『本当はナオコーラっていう作家はあまり知らないし、有名ではない作家のサイン本を作ると、在庫が増えてしまうから……』と、書店員さんがほんの少し戸惑っているのを感じることがあったのだ。そして、あるとき、大学時代の同級生がいる書店があったので、『そこへ遊びに行って、サイン本してきていいですか』と出版社に尋ねると、やはり、『書店さんへの連絡は、出版社を通してやっていただきたいのです。営業部との関係があるので……』と言われたので、個人で勝手に行くのは止め、ひとりで書店さんを訪問するときも、必ず事前に出版社さんからアポイントメントを取ってもらうようにした。しかし、私は一年前から、エージェントと一緒に仕事をするようになっている。ということは、ホームページなどの個人メディアが、より有効に使えることになり、『私がどこと指名することなく〝東京ではないところにある書店さんに伺いたいんです〟と発信し、書店さんから声をかけてくださったら、あとはエージェントの方に連絡をしていただく』ということが可能になるのではないか」と、私はそう考え、実行してみた。すると、お声がけをいただき、仙台、大阪、福岡などの書店さんを訪問できることになった。そして、今回のエッセイの前半は、福岡への行きと帰りの飛行機の中で書いた。その上、私は今、「これだ。これは面白い、ような気がする」と自分が思える次に発表予定の小説をなんとか書き終えたところで、改稿作業や、ゲラ確認を、必死になってやっている。そのため、このエッセイは、「キノコ栽培キット」という現実の物体には頼らずに書くことになった。

ついでに書くと、飛行機なんて乗って優雅だな、と思われるかもしれないが、交通費は全て、自腹だ。単行本の印税から引く。この販促活動によって単行本が売れることから入ってくる印税と、飛行機代を比べたら、飛行機代の方が断然、高い。宿泊代はケチって、日帰りだ。しかし、私はこれを意味のない仕事だとは捉えていない。読者の方や書店員さんと実際に会えば、関係ができて、未来へ繋がっていく。また、私自身、書店という場所を見ることによって自分の仕事の意欲やイメージを湧かせていくことができる。トークをすれば、その準備でいろいろと思索に耽ることができ、勉強になる。すぐに金にならなくても、私は未来の仕事への希望を感じられるし、社会参加への実感を得たいという気持ちや自分の勉強意欲を満たすこともできる。

それと、私は今、金がない。生活はかつかつだ。前々回に、台風の時期が自分の誕生日と書いたが、本当に金がなくて、何もできなかった。書店まわりの飛行機代は出しても、埼玉の実家へ帰る電車代は惜しんでしまう。気がついたときには、貯金が減っていた。これからどうなるのだろう。老後が不安だ。だが、ばかな仕事をして金を稼ぐよりは、自分で選んで、作家としてのプライドを保った方がましだ。広告仕事をして収入を得ることもあるが、自分で、「これだ」と思うことしか、書かない。この先も、金は大好きだから金を得る努力はするが、それでも、金よりもプライドを優先して仕事をやっていくんだ。

そして、金がないのに、英会話教室に通っている。理由は、来月に翻訳のイベント（？）で、ニューヨークへ行くからだ。ついこの間までは、カルチャーセンターで、『源氏物語』を訳していくという授業を受けていた。これは、いつか『源氏物語』の現代語訳の仕事をしたいからだ。そうだ、私には未来があるのだ。

数年前、富士山を登山したときに、小さな籠にキノコをたくさん入れて下山してくる老夫婦と擦れ違った。おそらく、収穫を許された場所がどこかにあるのだろう。また、夫か妻の、どちらかがキノコに詳しいのかもしれない。あるいは、下山後に専門家に見せて、毒キノコはありませんか、と聞くのだろうか。あの光景は良かった。秋のある日、おばあさんになった私と、おじいさんが、籠を持ってキノコ狩りへ行く。今は、キノコ栽培もキノコ狩りもする余裕がないが、仕事をする時期のようだから、がりがり書く。未来に、キノコ栽培やキノコ狩りをするのだ。

⑰冬の生活

十二月に入ったが、緑のカーテンで朝顔が狂い咲きしている。

人間は部屋の中で暖房を付け、外ではコートを着込んでいる。ベランダに出るときは、いちいちコートを着るのも面倒なので、野暮ったい、裏起毛のトレーナーをパジャマの上に被って出る。震えながら如雨露《じょうろ》を持って、ワンターンごとに休憩を入れ、部屋に戻って暖を取り、再び外に出て、何度かに分けて水を遣る。億劫なので、遣らないときもある。晴天の日が減ったので、毎日遣らなくとも、土が乾かないようになった。

ゴーヤーの緑のカーテンは取り除いたのだが、朝顔は夏以上に花が咲いているので、外しどきがわからず、そのままにしておいたところ、寒い朝でも青や紫の輪っかが開く。温度ではなく、光に感応する仕組みなのだろうか。南向きのベランダのため、寒くとも、ある程度の日光が毎日降り注ぐ。夏野菜であるトマトやナスも、いまだに少し実を結んでいる。食べるとまずいのだが。

こうしてキーボードを打っている今も、手は凍えるのに、窓は明るくて、逆光のために画面が見えづらく、目が痛い。

寒さのため、ベランダのテーブルで過ごさなくなり、花を見ながらぼんやりすることもなくなった。どの園芸家もそうだろうが、植物と距離を取り、これからの三ヶ月ほどを過ごす。冷気を入れたくないために換気の時間も減り、部屋にいると気が滅入る。

私と夫は街を歩き、クリスマスソングを耳にする。商店街やデパートや、コンビニエンスストアの中でも、かかっている。若い頃はいらいらし、「電球をひとつひとつ潰していきたい」と思ったものだが、三十五歳の今は、さすがに落ち着いて聞き流している。

不動産屋へ行く。こちらの希望を伝え、いくつか候補を挙げてもらい、内見をした。住んでいるマンションと別れるのだ。私が気に入っている、南向きの広いベランダが付いた、富士山もビル群も見える眺望の素晴らしいマンションを後にすることに決めた。

理由は、経済的な不安からだ。「節約を考えたら、まずは現在の家賃を見直してみよう」と、インターネットの記事にも書いてあった。夫婦で話し合い、「もっと安い部屋を探そう」となった。ここは、もともとは私がひとりで住んでいた部屋だったので、「夫が移り住んできて、共働きの二人で住むようになったら、もっと家賃を払いやすくなるのでは」と安易に考えたのだが、当たり前だが、そんなことにはならなかった。人間は、部屋代のみで暮らしているわけではない。生活の様々なことに金を使う。食費、交際費、服飾費、その他いろいろと支払いをしている。私と一緒になる前の夫は、質素な暮らしを楽しんでいた。素朴な生活に夫はとても満足していて、それを私は好もしく見ていた。でも、独身時代の私は、「もっと売れる作家になるために、宵越しの金は持たねえ」というお笑い芸人さんのような考えで、浪費してしまっていた。結婚するときに反省し、生活費の多くを私側が負担し、私は生活レベルを独身時代よりぐっと下げて夫側に合わせよう、と決めた。「収入に差があるカップルは、低い方に金銭感覚を合わせることが大事」というアドヴァイスはよく聞く。しかし、私は下げきれなかった。浪費はやめたが、生活改善といえるほどには低くはできておらず、夫と私の真ん中辺りを取るような感覚で払ってしまっている。夫は優しいので、私の贅沢を許してくれてしまう。夫の分と自分の分の、食費や交際費を、二人の金銭感覚の中間レベルで出すと、ひとり分と二人分は全然違うので、独身時代より質素にしているつもりでも、当然、ひとり暮らしのときより出費は多い。考えが足りなかった。私は計算ができていなかった。数年はなんとかなったとしても、老後がどうなるのか、全く見えない。

そして、私の収入が、今はまあまあるとしても、基本的には不安定な職業だから、先はどうなるかわからない、ということがある。私の肩書きは「作家」なのだが、言うときに勇気がいる。これは多くの作家が思っていることだと想像するが、資格だとか、会社などから与えられる名刺だとかがなく、自分の思いきりで名乗らなくてはならないので、「他人から見たら『作家』ではないのではないか」と不安を抱きながらの発言になる。大概は、初めて書籍を上梓したタイミングで、「作家」と名乗ることが多いようだが、たぶん、みんな緊張する。本を出したからといって、「私は作家です」と易々と言えた人は少ないのではないか。私も、言い淀んだ。当初は会社員と兼業でやっていたし、地味で大人しい自分が、派手なペンネームやタイトルを使って別の仕事を始めたことは、正直、周囲に隠したかった。それに、何冊も出し続けられる、という自信はなかった。だが、仕事として文章を発表したあとは、インタビューを受けたり、人間関係を作っていったり、といったことをしなくてはならない。容姿についてバッシングをされたり、あることないこと噂話をされたり、作品と関係のないことでも嫌なことをたくさん言われ、辛いと感じられることが増えた。編集者さんに相談し、「あなたは、もう作家なのだから」とアドヴァイスを受けた。「作家になったら、どんなに年上の作家とでも並列な存在として扱われるし、若いからとか、デビューしたばかりだからとか、優しくされることはない」ということだった。そうか「では、嫌だけれど、『作家です』と、これからは自己紹介しよう」と決めた。それからは、美容院でも、職業を尋ねられたら、「作家です」と嘘をつかずに言うようになった。自信満々だな、と感じ良く思ってもらえない場合もあるだろうが、そういうバッシングも甘んじて受けよう。とにかく、一冊、あと一冊、もう一冊、と必死で仕事をした。

なんとか書籍を出し続けた。作家業を専業にし、依頼はありがたいことに、むしろ多くいただきすぎて恐縮ながらお断りさせていただくようになった。だが、この連載の初めの方でも書いたが、私は三年前に精神がぼろぼろになって、仕事の進行が滞ってしまった。この一年ほどで、周囲の支えもあり、少しずつ再開できるようになってきたが、やはり、「これからも出し続けられる」という自信は、湧いてこない。

そして、以前から「家賃を下げる」という提案は夫との間で出ていたので、話し合い、それならば早いほうが良い、と動き始めた。

インターネットで、部屋を検索し、相場の低そうな街を見にいき、不動産屋をまわる。

低めの家賃を狙うからには、広いベランダも、眺望も諦めなければならない。だが、「植木鉢が置けるスペースは欲しいなあ」「日当たりだけは望みたいなあ」と思う。すると、思ってもいないような部屋に出会った。実際に行動をすると、もやもやと悩んでいたときよりも、心が動いていく。

最初は憂鬱だったが、だんだんと前向きになってきた。「新しい街を散歩するのも良いかも」「前とは違う家具の配置にしよう」「書斎は北向きの方が良いと言うものね。今までのところは、南向きの書斎でパソコンのディスプレイが見にくくて大変だった。暖かくて明るい部屋だと、集中できずにぼんやりしてしまうし」「行きつけの書店や、書きもののできるカフェを見つけよう」「大体、前の街のことや、ベランダの眺望のことは、小説やエッセイに書き尽くして、もう元は取ったんだから、作家として、そろそろ違う環境に行くべきタイミングだ」。

私の今いる状況は冬だ。光が当たっておらず、体や心の動きも以前に比べて緩慢だ。しかし、冬に入ってしまったものは、仕方がない。

狂い咲く朝顔を抜けないのは、季節外れになっても咲きたがる花が、賞味期限が切れても書きたがる作家の私と似ているからかもしれない。

⑱ さようなら、私のベランダ

私のベランダは私のものではなくなることになった。あと一週間で手から離れる。来週から、今のところより六万円安い部屋へ移る。

よく「家賃は収入の三分の一以下に抑えるべき」という話を聞くが、今の部屋は私の年収を月割りにした数字の四分の一に抑えてあった。洋服も買わなくなったし、ネギの緑のところやカブの葉も食べ、夫には弁当を作った。でも、金はなくなった。不思議だ。旅行に出かけたし、レストランにも行ったからだろうか。贅沢をしてしまったのかもしれない。ぶすな私が結婚して、調子に乗ったのか。

どうも、ブルーになる。仕事を頑張りたいが、金のことを考えないとしても、自分の文章が世の中に役立っている感じがしない。自分のできることをして社会参加しているが、趣味っぽく捉えられることがたまらない。「意義のある仕事」という自信がなかなか湧かない。

ここまで書いて一旦筆を置き、近所のラーメン屋に行った。すると、さっきまで暗澹としていた自分の未来が急に明るくなった。腹が減っていたから気が滅入っていただけだったのか。

ラーメン屋はとても混んでいた。若者たちが犇《ひし》めいてラーメンライスを食べている。セルフサービスでおかわり自由なので、何度も炊飯器のところへ行き、しゃもじをぎゅうぎゅう押しつけ、ごはんを茶碗に固めるように盛っている。すごいなあ、と思った。

先日、大学時代の同級生数人と新年会をしたのだが、同級生たちは皆、食が細くなっていた。大学時代は、ラーメン屋に行ったら、ラーメンを大盛りにした上にチャーハンも頼んでいた彼らだったのだが、一人前も食べられなくなっており、料理の注文は人数分よりも少なめに頼む。昔は居酒屋に行ったら、テーブルに置けないくらいに注文をしていたのに、今は漬け物だの冷やしトマトだのの小鉢しか並べない。一次会でたらふく食べても、二次会でさらにがっつり食べ、最後にフルーツパフェをスプーンで掬っていた彼らだったが、今回の二次会では何も食べない。三十五歳とはこのような年なのか。私も、昔よりは食が細くなったし、味覚も変わった。甘い物は一切食べなくなり、ネギやキノコをおいしいと思っている。私は、活発な時期をすでに過ぎたのだ。これからは、よぼよぼの人間としてやっていく。

ラーメン屋の若者たちを眩しい目で見ながら、私は席に着いた。すると、店内にユニコーンの「ヒゲとボイン」が流れ出した。最初の一小節ですぐにわかった。中学生の頃に、ウォークマン（という、「カセットテープ」を聴ける、ポータブルプレイヤーが昔あった）で何度も聴いたからだ。私はラーメンを注文した。

ラーメンを待つ間、『失われた時を求めて』の文庫を開いた。元日からパルコブックセンターが開いていたので、そこで買った。

ちなみに、私の夫は別の書店で働いているのだが、その店は元日のみが休みだ。だから、夫の正月休みも、元日しかない。基本の休みは、週休一日で水曜日なのだが、隔週で木曜日も休みになる。長期休暇はまったくない。夏休みも年末年始の休暇もなく、ひたすら働き続けるので、連休は二週間置きの二連休のみだ。数年に一度、元日と、水曜日と、隔週休みの木曜日が繋がるという奇跡が起こり、三連休ができる。それが昨年に起きたので、そのときは二泊三日で台湾へ行った。もう、次にいつ三日かけて行く旅ができるかわからない、と思ったからだが、あれも贅沢だったのだろうか。しかし、私の友人たちは毎年、五連休や一週間の休みを取って、ハワイやヨーロッパに旅行をしている。……と、小説から思考が離れ、また愚痴ばかりうだうだ考えてしまう。

でも、ラーメンを食べたら、また元気になった。おいしかった。

ともかくも、私はこの先の人生を、読書をし、執筆し、草花を育て、畑を肥やし、散歩をして生きていく。

朝、六時半に起きて、また書き進める。

　家賃の安い部屋へ移るにあたっては、惨め感をうやむやにする必要があった。今の部屋と似たところを探すと、単純に格が落ちた感じがして、辛いだろうと予想した。そのため、全く違う部屋を探そうと思った。

　節約だけを楽しむのではなく、引っ越しがちゃんとわくわくするようにしよう。この連載にもいろいろ書いてきたが、私は元来、引っ越し魔だ。葛飾北斎は一生のうちに九十三回引っ越しをしたそうで、私はそれには遠く及ばないが、このエピソードを好ましく思うし、人が言うほど九十三回は面倒ではないと感じる。世の中には、移動型と定住型の二種類の人間がいるらしいが、私は移動型に違いない。ミニチュアの靴や食器を集めたり、ちまちました弁当を作ったりするのが好きなので、定住型の気質もあるような気がするのだが、引っ越しのときのテンションの上がり方や、常に次の旅行の計画を持っていたい気持ちなどを考えると、断然、移動の血が多いと思える。

　最初は、山の裾野を夢見た。『富士日記』のように、山の自然を愛でながら、夫の死を受け入れる文章を綴りたい、と考え、部屋探しのサイトで見当を付けて検索もした。ただ、思ったよりも家賃が安くないこと、購入ではなく賃貸とすると、個性的な家や場所はなかなかないこと、畑作りもそう簡単にできそうにはないことが残念だった。

「市民農園」というものはどうだろう、とも考えた。私の実家は埼玉にあるのだが、子どもの頃、友人の親が市民農園の一区画を借りて、野菜を作っていた。ああいうのは、東京にもあるのではないか。インターネットで検索すると、やはり、区民農園や市民農園があることがわかった。これだったら、街中でもできる。

私は、山よりももう少しだけ都心に近い、緑の多い街を探してみた。そして、テラスハウスやメゾネットタイプを調べた。「こういった家は音が伝わり易く、自宅仕事の人には向かないかも知れませんよ」と不動産屋が言った。そうかもしれない。私はひとつ前の家を、「音にどうしても耐えられない」という理由で引っ越したし、生活をテレビもステレオもなしに送っているので、他の人に比べて静かな環境を求める度合いが大きい。十一階がとても好きだったから、それを忘れるためには、名残惜しく階数を落とすのではなく、十一階とはまったく違う感じを求めなくては、というのと、ガーデニングをやりたい、というのと、「いずれは一戸建てを」という夢は捨てきれないから地面の近さや二階建ての問題点を実感してみたいというのがあってそういうタイプを思いついたのだったが、集合住宅である限りは、一戸建てとは違う問題を多く味わうことになる。また、メゾネットタイプは、部屋がきれいだったり、駐車場があったりしても、庭はないところが多かった。きれいなのは嬉しいが、私は車を持っていない。

結局のところ、マンションの一階を選んだ。専用庭が付いていたことが決め手だった。この広さがあれば、ベランダで可愛がっている植物たちを皆、連れてこられる。増やすこともできるだろう。南向きで日当たりが良いのでよく育つに違いない。北側にも部屋があるから、こちらは書斎にできる。また、音が伝わり難そうな構造なのもよかった。都心から大分離れ、最寄り駅からかなり歩くが、部屋数が増え、グレードが上がる。今の部屋は、駅からすぐで、景色が良くてとても気に入っているが、内装が古い感じで、設備があまり整っていなく、追い焚き機能すらないところなので、グレードが上がる感じがあれば、家賃を下げたむなしさをうやむやにできそうだ。

夫は定住型のようで、引っ越しを億劫がり、来週に引っ越しを控えているというのに、自分の部屋の荷物をまだ、三つほどの箱にしか詰めていない。私は毎日せっせとまとめ、三十個は作った。その代わり仕事が進んでいないので、逃避なのかもしれないが、ともかくも、移動に向けて血が沸き立っている。

元旦は六時半に起き、初日の出をベランダから見た。南向きなので、体をのりだすと左端に見える感じだった。そのあとに、いそいで最上階である十四階へ上がり、反対側の通路に出てみた。そこからはきれいに見えた。黄色い丸があった。ただ、出だしを見逃したのが悔しかった。

そこで、翌日も見た。群青色の空に、ビル群のシルエットが浮かぶ。その狭間に溶岩のように陽光が流れ出した。すっかり出ると、だんだん目が痛くなってきて、横の男を見ると、残像で頬に穴が開いた。

私は満足した。それで、はっきりとわかった。私は、自分が見られれば満足するタ

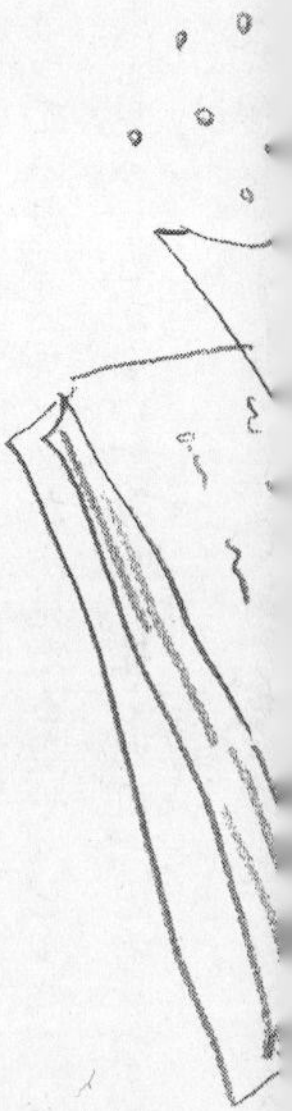

イプなのだ。元旦だろうと二日の朝だろうと、自分が見たかった景色を見られさえすれば良い。見られなかったものを見たり、見たことのないものを見たりすると、深い満足を覚える。それにどういう意味があるかとか、誰かと何かを共有できるかとか、そんなことはどうでもいいのだ。自分が世界を見ることさえできればいい。

文学もそうだ。

私は、文学に対して片思いでいい。世界に対してそうであるように。勝手に愛させてもらえればいい。自分にとって面白く感じられる愛し方を見つけるために、読書をしたり、文章を書いていったりする。いつも植物に対してそうしているように。

世間の人からは、引きこもりと言われるかもしれないし、修業中と思われるかもしれないし、評価されないから逃げたと非難されるかもしれないが、もう知ったことか。私は人里離れた場所で庭をいじりながら、読書と執筆に勤しみ、人づきあいは止める。

私は毎日、景色にさようならを言っている。ベランダから見える空や、ビル群や、公園や、遠くの観覧車に。もう二度と見ることがない、写真を撮らねば、と考えながら、シャッターはまったく切っていない。カメラは下手なので、どうせ上手く撮れないだろう。だったら、何かメモを取ろうか、と考えるのだが、それもあまり進まない。もうさんざん書いたし……。見るだけで満足だ。

あとがき

花には、一年草と多年草があります。一年の寿命で死んでしまって、種で時間を越して、翌年、あるいは数年後に芽吹くものと、茎だけになったり生長を止めたりして眠っているような状態で寒い季節を越して、次の季節もその次の季節も花を咲かせるものです。

引っ越しをした日は、真冬だったので、多年草や薔薇や木だけがありました。ゴーヤーや朝顔、野菜などは枯れてしまっています。あまりベランダを見ていなかった夫は、そのときに気がついたのか、

「枯れちゃったんだね」

と残念そうに言いました。夫は一年草と多年草の違いを知りません。冬のベランダはそういうものなのに、と考えつつも、夫に言われると、自分が死なせたような思いに囚われました。まるで愛情の足りなさによって草が消えたような気がしてきました。

ちょうどその頃、喜ばしいことに妊娠が判明して、私はうきうきと何度か産婦人科を訪れました。自分の中に小さな生命が宿るということ、私の働きによって生命が増えるということは、やはり誇らしい気持ちになります。植物が増えるのも嬉しいですが、人間が増えるのはもっと嬉しいです。引っ越し先には、庭がありました。また、引っ越ししてちょうどひと月ほどあとに、市民農園の申し込みの締め切り日がありました。私は庭いじりを楽しみにし、市民農園にも申し込んで畑作りもしようと決めていました。しかし、いろいろ調べてみると、「妊娠中にガーデニングをすると、トキソプラズマというものに感染する恐れがあるので、ゴム手袋をはめて行うなど、きちんとした対策で臨むのが良い」という情報に行き当たりました。やはり私としては、赤ちゃんの方が大事で、念には念を入れて、不安要素をなくしていきたいところでした。食べるものも、インターネット上に「食べない方が良い」と書かれているものは、根拠が曖昧でも避けることにし、野菜や調味料はオーガニックの店で極力買うように し始めました。だから、庭仕事は諦めよう、市民農園に申し込むのも見合わせよう、 と決め直しました。それにどちらにしろ、赤ちゃんが生まれたら、二、三年は、植物 の世話をする余裕などなくなるだろうと思われました。

しかし、赤ちゃんはいなくなってしまいました。私はしばらく泣いて日々を過ごし ました。ちょうど市民農園の申し込み〆切が過ぎる頃でした。春がやってきましたが、 それどころではない、という気持ちでした。

赤ちゃんがいなくなってからひと月ほど経ったある日、実家に帰ると、父の元気が なくなっていました。病院へ一緒にいくと膵臓がんが発見されました。それからは毎 日、父のいる埼玉へ行きました。まず近くの病院に入院し、もっと大きい病院へ転院 することになり、いったん退院して、家に帰りました。父は食が細くなっていました が、蕎麦や味噌汁を食べてくれました。一度自分の家に帰って、サムゲタンを作って 持っていきました。カレーも持っていきました。人参のスムージーもです。父は食べ てくれました。でも、また入院して、しばらくすると食べられなくなりました。歩く のも辛くなったそうで、ヒゲを剃ってあげたり、手や足を拭いてクリームを塗ってあげたりしています。私はどうやら、世話好きなようです。こういうことをしていると、喜びが湧いてきました。

もう種蒔きのシーズンは過ぎました。今年は、ひとつも種を蒔きませんでした。前の家から持って来た、多年草や薔薇、アボカドやドラゴンフルーツに、水遣りをするだけで精一杯です。ろくに肥料もあげませんでしたが、今年も薔薇が咲きました。最初のひと花を、花瓶にさしたところです。

種から育てて三年目のグレープフルーツには、アゲハチョウの幼虫がみっしり付いています。去年も付いたので、幼虫が好む味なのでしょう。去年は夫に、幼虫をつまんでもらったのですが、今年はもう、幼虫にあげようか、という気になっています。おそらく葉っぱは全部食べられてしまうでしょう。三年も育てたので惜しくはありますが、これが自然なような気もしますし、つるつるになっても、また葉が生えないとも限りません。

ガーデニングができる日々がいつかまた来るのか、あるいはもう来ないのかは、私にはわかりません。

独身時代から新婚時代にかけて、震災の前後を、小さなベランダでじっと植物を見ながら過ごした時間は、私にとって貴重でした。もしかしたら、穏やかな日々はもう過去のものになって、これからの私には訪れないのかもしれませんね。

ただ、辛くかんじられる時期も、種になるか、あるいは眠っている状態になるかして、なんとかしのぎ、とにかく長生きしたいのです。

そう、私自身が長く生きるのでなくてもいい、仕事だとか、空気だとか、そういうもので次の時代まで残るという方法もあるのですよね。切っても切っても増えるドラゴンフルーツや、毎年枯れながらも種からまた生まれる芽を見ていると、そう思えてきます。個体がそのままの形を長く保つということをしなくてもいい、世界が続いていけばいい。そして、結局のところは、世界全体が幸せであることが、個体それぞれの幸せになるっていうことなのでしょうね。

まあ、幸せになりたいわけでもないのですが、とにかく、世界ができるだけ長く続いていくといいと思っています。

二〇一四年五月十一日　夜の庭の隣りで　山崎ナオコーラ

そのあとのていたらく

趣味は素晴らしい。超高齢化社会において、これからは仕事よりも趣味の価値が高騰していくに違いない。

「ベランダ園芸」という趣味を始めたのは、文庫化に向けてこのあとがきエッセイを書いている現在より、十年ほど前のことで、私は三十代に入るか入らないかぐらいだった。当時独身で、仕事のことでいろいろと悩んでいた。都心のマンションでドラゴンフルーツを育てた。その後、富士山の見える吉祥寺のマンションの十一階に移り、そのベランダで自分の心に風穴を開けたいと図った。それから結婚し、家賃を下げるために郊外のマンションの一階に引っ越したあと、流産や父の看取りや再びの妊娠で時間を作れない中、専用庭で細々と園芸を続けた。

そういえば、この本の単行本は父が死んだ月に刊行されて、販促活動やトークイベントが大変だった。仕事は続き、金と時間はなくなり、植物はただ生きた。

植物は私にいろいろなことを教えてくれた。

オリーブ、ゴーヤー、バジル、薔薇、アボカド、ドラゴンフルーツ……、たくさんの野菜や花に礼を言いたい。どんなに多くのものを私が受け取ったか、計り知れない。

仕事で狭くなっていた私の視野は、植物のおかげで大きく広がった。

ただ、人でも場所でも仕事でも趣味でも、関係というものは時間と共に変化を続ける。蜜月もあれば、距離ができる時期もある。

近寄って、離れて、また近寄って……。波のように関係を紡ぐ。

たとえ園芸と離れてしまっても、何かのタイミングで再び距離は縮まるだろう。

人と人との関係と同じように、一度紡がれた関係は、細くなることはあっても、切れることはない。

おばあさんになったときに、再び植物と手を取り合って生きていきたい。

……振り返るように書いてしまった。

私は現在、庭を荒れ放題にしてしまっている。

四十歳になった今、「あれからも私はずっと園芸と近い距離にいます」とみなさんに報告することができない。

正直なところ、「庭と距離がある時期」にいる。

オリーブや薔薇やドラゴンフルーツはかろうじて生きているが、一年草はまったくない。また、グリーンカーテンも最近は育てておらず、夏は簾をかけるようになった。

庭には、たくさんの雑草が生い茂っている。

今、園芸を趣味として頑張っていらっしゃる読者に対し、このようなていたらく、本当に申し訳ない。

そのあとに増えた植物は、河津桜と「おもと」のみだ。

河津桜は、子どもが生まれたとき、その誕生記念樹として購入した。そう、流産のあと、また子どもに恵まれたのだ。「誕生を祝って木を植え、子どもと一緒に育っていくのを愛でる習慣がある」というのを聞いたことがあり、自分のところで子どもが生まれたときに、せっかくだから植えようと考えた。河津桜にした理由は、子どもが生まれた季節にちょうど花が咲く樹だったからだ。ソメイヨシノよりもひと月ほど早く、濃いピンク色の桜の花を咲かせる。誕生日に毎年ピンクの花が咲いたら、子どもも勇気づけられるかもしれない。ただ、賃貸マンションのため、庭に直接植えることができず、大きなプランターに埋めた。すると、ほとんど育たない。子どもはもうすぐ三歳で、生まれた頃と比べると見違えるほど大きくなったが、木は生長していない。また、あまり世話をしていないので、咲かせる花がとても少ない。木を購入したときは、「いつか一戸建てを購入し、庭に直に植えることを目標にしよう」と考えていたのだが、その後も経済的余裕ができそうな気配はまったくなく、たぶん、私は一生賃貸暮らしだ。現在住んでいるマンションは、五年の定期借家で、住めるのは今年まで、という契約だったのだが、先日、「もう一回契約しませんか？」という更新のお誘いの手紙が不動産屋から届き、再契約したものだから、さらに五年住むことになった。河津桜はずっと小さいままだろう。

また、「おもと」というのは、義理の父がくれた、深い緑色の観葉植物で、子どもが生まれたとき、夫の実家の庭にある「おもと」から株分けしてプレゼントしてくれた。「縁起がいいから」と言っていたが、由来はよくわからない。和風の模様が入った鉢ごとくれたので、そのまま育てている。

ここまで書いてきて、「私の人生って、どんどん『普通』になっていくな」と思った。

ベランダで、青虫がドラゴンフルーツを食べているのを見ていたときは、「虫でさえ繁殖しているのに自分はひとりぼっち」と悲しみに浸っていたが、悲しむと同時に「自分は普通ではない」「特別なキャラクターだ」とも感じて小さな喜びも味わっていた気がする。普通とは違う道を歩いているのだ。作家らしい、独特の、孤独な道を進んでいるのだ、と。

だが、結婚をして、子を産んで、義理の父からもらった和風の鉢植えを庭に置いている私はどうだろう。はたから見れば、孤独ではない。「普通」だと思われないか？「つまらない」と思われないか？

しかも、私は四十歳にして第二子を妊娠中だ。また、トキソプラズマを心配して庭仕事から意識的に遠ざかる期間に突入だ。結婚していて、子どもが二人いるという、ものすごく普通の世界に向けて邁進している。いや、高齢出産だから、ちょっと外れてはいるのか。でも、「遅れてきた普通」だろう。

私は何を望み、どこへ向かっているのだろう。作家欲はものすごく高いのに、ひたすら「普通」に向かって足を動かしている。

趣味は素晴らしい、と言いながら、最近の自分は趣味を行う時間を作れていない。仕事と育児をしているとあっという間に一年も二年も過ぎていく。

園芸だけではない、私には、マンドリン演奏や、編み物や、手芸や、イラスト描きなどの趣味もあったのに、久しく行っていない。映画館に映画を観にいくことも稀だ。

仕事は一所懸命にやっているつもりなのだが、金にはまったくならないので、節約を心がけ、旅行やレストランとも縁遠くなった。父の治療費や父の借金の肩代わり、不妊治療費や育児費用で貯金は底を突いた。後悔はまったくない。私は小さな世界で、静かに暮らしている。

私の世界に入っている唯一の切れ込みは、保育園への送り迎えのために子どもと手を繋いで川沿いを歩いているときに入る。

マンションから保育園までは、徒歩十五分ほどの距離がある。子どもと一緒に歩くと、三十分以上かかる。これが至福のときだ。

保育園への道はほとんどが川沿いだ。しかも、川べりに降りることができるので、私と子どもは階段を降り、あと一歩で川に落ちることができるような素朴な道をゆっくりと歩く。

歩きながら、季節のうつろいを感じる。

四月には桜が咲き乱れる。川沿いは薄いピンクで縁取られ、川面には花びらの絨毯が敷かれる。

五月頃にはカルガモが子ガモを連れて泳ぐ。子ガモは、数週間で見違えるほど大きくなる。

夏には、小魚や虫を捕ったり、水遊びをしたりする子どもたちがたくさん現れる。

秋には、中洲でススキが揺れる。

冬には、木々が丸裸になり、草も枯れ果てて寂しげになるが、鳥は増える。大人になったカルガモたちの中に、白くて大きい鳥がまじって、一緒に餌を探していることがある。アオサギ、ダイサギ、コサギなどのサギだ。

「あ、大きい鳥さんいるよ」「白い鳥いるよ」「サギさんだね」などと子どもに声をかける。子どもは少し前までサギのことをサギと名前が似ているウサギの種類と間違え

ていて、

「ウサギさん」

と指差していたが、最近はサギという言葉をちゃんと認識し、

「今日はサギさんいるかなあ」

ときょろきょろする。片足立ちをしてサギの真似をすることもある。

そのサギがふわりと飛んで、川沿いの家の屋根に降り立つ。

「あ、ヨットの家にとまった」

子どもが指差す。三角屋根の一軒家のことを子どもは「ヨットの家」と呼んでいる。

サギは、冬になるとほとんど毎日見られる珍しくはない鳥なのだが、他の散歩している人たちもよく足をとめて眺めているので、何か魔力があるのだと思う。白くて大きい鳥は、見つめるこちらの心を、ここではないどこかに浮遊させてくれる。

小鳥もたくさんいる。ルリビタキ、メジロ、ヒヨドリ、ハクセキレイ、他にも名前のわからない鳥が木陰を飛び回っている。この辺りの土地は野鳥が多いことで有名だ。中でも、見かけるとテンションがものすごく上がるのが、カワセミだ。とても小さな体をしているのだが、鮮やかな青色をしているので、すぐにわかる。すーっと青い

線を引くように飛んでいってしまうときもあるし、岩にとまって川の中をじっと見つめているときもある。カワセミはレアキャラなので、急いでスマートフォンを取り出し、撮影しようとする。でも、敏感なカワセミは、私がポケットに手を入れた段階で、さっと飛んでいってしまう。

園芸エッセイなのに、鳥のことばかり書いてしまったが、この頃、川沿いが庭の延長のようにも感じられるのだ。

人間は、季節のうつろいを感じると快感を味わう。

それは、自分のリズムだけで生きるのを乱される快感かもしれない。

毎日見ている景色が、自分のタイミングとは関係なく変化していく。

世界にとって自分が重要人物ではないという救い。自分が仕事を一所懸命にやろうがやるまいが、世界にとってはどうってことないのだという軽さ。インターネットに自分の悪口が溢れても、世界は美しく変化をし続けるのだという明るさ。

自分が素晴らしい考え事をしようが、立派な知識が増えようが、地球はただ回転を続ける。流産しても、父が死んでも、子が生まれても、仕事を失敗しても、桜は咲く

（あの引っ越しのあとすぐ、私は三十五歳で流産し、その半年後に父を亡くした。そ

の一年後に再び妊娠し、出産したのだった)。

地球の回転を感じたい。自分のはかなさを感じたい。そういう欲望のもとで、庭作りをしたり、川沿いの散歩をしたりしている気がする。

もしかしたら、育児もその延長かもしれない。私のタイミングに関係なく子どもが生まれ、私のリズムとは違うリズムで成長し、勝手に生きて私の音楽を乱していく。すると、楽になる。自分だけがタイコを叩いていたのではなかった。たくさんの音楽が世界に溢れているのだから、自分が躍起になって音楽を作る必要はなかった。庭も、川も、子どもも、それぞれの流れで勝手に変化を続けている。明るく軽くなれそうな気がする。

流産したときに、自分の園芸への情熱は育児への欲求から来るものかもしれない、と考えたが、本当に、園芸と育児は似ている。

だが、育児をするようになると、やはり時間の余裕がなくなり、園芸から一時的に遠ざかってしまった。

荒れ果てた庭に、洗濯物を干すために出る。

すると、子どもも、

「一緒にお庭に行きたい」

　とサンダルを持ってくる。

　私が洗濯物を物干し竿やラックにかけている間に、子どもはジョウロであちらこちらの鉢植えに水やりをする。水やりと言っても、それはほとんど水遊びで、サンダルもズボンもぐっしょり濡らす。

　干し終わって、

「そろそろ、お部屋に戻ろうか」

　と声をかけると、

「このお花、持っていく」

　と何かの雑草を千切ろうとするときもある。

　この前のクリスマスには、オシロイバナを切ってほしい、と言うので、赤い花が三つほど付いているところを切って持たせてやった（近所迷惑になるので、ときどき草むしりを夫にやってもらってはいるのだが、なかなか追いつかない。庭には結構雑草がある。オシロイバナも生い茂っている）。

　子どもは、部屋に持って帰ったそれをヨーグルトの空きカップに活け、

「クリスマスにねえ、サンタクロースさんがねえ」

などとモゴモゴ言う。ピンときた。クリスマスツリーのつもりなのだ。二歳の子どもは、ついこのあいだクリスマスツリーというものが世にあることを絵本で知った。でも、うちにはクリスマスツリーがないので、具体的にはわかっていなかった。草の先っちょを活けるだけで、クリスマスツリーになると思ったのだ。確かに、緑色の三角に、赤い飾りがちょんちょんとあるので、クリスマスツリーに似ている。

雑草があるせいか、そもそも田舎だからか、私たちは結構ワイルドライフを送れている。

洗濯物の取り込みを忘れて、夜に外に出ると、いろいろな虫がいる。カマキリや、カナブンなどに出くわしてしまう。名前のわからない大きな虫がシャツにくっ付いていて大きな声を出してしまったこともあった。ヤモリが窓に張り付いていることも多いし、雨上がりにはカエルもいる。

早朝や夜には、タヌキがやってくる。朝、目覚めたときに、猫とは違う、キューキューというような鳴き声が聴こえたので、掃き出し窓のカーテンをそっと開けたら、目の前にタヌキが座っていた。

自然のリズムにかき乱されて、自分のくだらなさを実感すれば、仕事のうまくいかなさなんてどうでもよくなってくる。

そう、作家なのに「普通」と思われないか？　なんていう心配は、非常にくだらなかった。周りにどう思われようが、自分が「普通」の生き方をしていようが「特別」な生き方をしていようが、やりたい仕事だったら、続けるしかない。金にならなくても、やるしかない。社会的な意義がはっきりとわからなくても、「意義がありそう」と曖昧なことを思いながら、仕事をするのだ。

こつこつ生きていきたい。

そして、子育てが終わったあとに子どもに依存しないよう、引退や病気などでどうしても仕事ができなくなったときに駄目人間にならないよう、いつでも、「私には、趣味もある」と思っておきたい。

距離を作っておきながら、勝手な言い分かもしれないが、いつか園芸に戻りたい。園芸はきっと待っていてくれる。

二〇一九年一月十五日　タヌキを想いながら　山崎ナオコーラ

解説　「生きていく」という気概

藤野可織

ナオコーラさんの文章を読んでいると、それが小説であれエッセイであれ、「生きていく」という気概を感じる。その気概に触れるたび、私ははじめて自分が生きていたことに気がついたみたいに驚いてしまう。もしくは、これまで眠っていて、とつぜん目が覚めたみたいな気分になる。

このエッセイは、山崎ナオコーラという小説家が園芸にのめり込みつつ、そこから自身の仕事のこと、影響を受けた作品のこと、社会のことなどに広く思いをめぐらせるありさまを率直な筆遣いで書き綴ったものだ。

植物の種を蒔き、観察し、芽吹かせ成長させていくためにさまざまな試行錯誤をし、着々と知識を増やしていく。その結果、一部の植物は育っていき、一部の植物は食卓に上り、一部の植物は枯れていく。意外なタイミングではじめて買った鉢植えのこと、節電を兼ねてのグリーンカーテン制作、食べるために栽培される植物の顚末にはわくわくして真似してやってみたくなったし、葉を落として枝だけになってしまった植物の様相やコンパニオンプランツから人生と対峙するやり方をあらためて確認するところでは、私もまた生きていく上での重大な助言を得た。

詳細かついきいきと記録される植物の姿は、そのまま可視化された時間だ。それとともに、ナオコーラさんの人生も進んでいく。住んでいる部屋が変わり、家族が増える。変わらない思いもあれば、ゆるやかに変わっていく考え方もある。まさに、生きていく、ということが書かれている。

それは遠くなつかしい感慨を私に与える。いまやナオコーラさんはベランダではなくて専用庭のついているマンションに移り住んだのだけど、それでもなお、どこかのはるか高いベランダで園芸に精を出す小説家が見えるような気がする。その小説家はもはや実在の小説家でなくてもいい。若くても年老いていてもいいし、男でも女でもどちらでもなくてもいい。ベランダと植物と小説家がセットになった光景を、大切な思い出みたいにこの本から受け取ってしまった。

けれど、それだけでは「気概」とまではならない。繰り返すが、私がこの本から受け取ったものは、ただ生きていく、ということだけではなく、「生きていく」という気概だ。

それは言い換えれば、与えられたこの世界で、手持ちの命と能力がどのように使えるのかを見定めようとする姿勢のことであると思う。ナオコーラさんは常に、本当に常に、それをやっているのである。

それは、植物が自分で実践しているような、基本的でシンプルな命のあり方だ。また人が植物を育てる上でも、妥当な試みであるといえる。用意することのできる環境において、この植物はどう扱えば能力を適切に使い生き続けるのか、別の植物はどうなのか、ではこちらの植物は。そう観察するナオコーラさんの視線は、見事に冷静かつ合理的だ。

しかし私が打たれるのは、こういったことと同種の、しかもさらに徹底した観察を、ナオコーラさんが自分自身にも向けている点だ。ことに自身の仕事についての考察は、こちらの胸が苦しくなるほど冷徹だ。

また繰り返しになってしまうが、どうしてもきちんと文章にして書いておきたいから書く。

つまりナオコーラさんは、この現代社会で、ナオコーラさんの命と能力がどのように使えるのかを見定めることを決してやめないのだ。

私はそのことに何度でも驚く。それは基本的でシンプルな命のあり方であるのと同時に、植物でない私たちにとっては自意識と客観性の調和の先にある、非常に高度なことである。それに、ナオコーラさんは正面から取り組む。取り組み続けている。

植物はずっと好きではなかった。

新芽の蛍光色かと思うくらいの鮮やかさが薄気味悪く、粘ついた蜘蛛の巣のかかった暗い生垣は不潔で、黄葉しているのではないのに妙に黄色味がかった葉を茂らせた木を見て汚いと思った。

なにより、人間とはまったくつくりのちがう生命体であるのがなんだかいやだった。なにこの変なかたち。変な色。ひそかにそんな悪態をつきながら、街路樹の通りを自転車で走り抜けた。

それが今は、私もまた植物と暮らしている。ベランダ園芸はしていないが部屋の中にそこそこの数の観葉植物を置いているし、しょっちゅう切り花を買ってきて、花瓶に挿して眺めている。そうしながら、この本を読んでいる。「植物には、人間の時間感覚とはまったく違う、ゆっくりとしたものが流れているようだ。」「植物に触ってい ると、絶対的なものと信じきっていた、自分の持っている、一秒、一分、一時間の時間感覚が、実は相対的なものだと気がつく。」(p.48)

部屋を見回して、実にそのとおりだと思う。私の中で言語化されていなかったことが、すっきりと悠々と書かれている。そしてそれは、植物を本に置き換えても同じだと強く思う。

私にとって幸運なことにこの本は同時代の作家が書いたものだけれど、時間は経っていく。私たちにとって長い時間が経ってだいたい誰もいなくなったあと、この本が新しい誰かに「生きていく」という気概をプレゼントするのだと思うと、その遠くなつかしい光景になんだか泣きたくなる。

本書は二〇一四年七月、筑摩書房より刊行された『太陽がもったいない』を改題、新たに「そのあとのていたらく」を加えた。

猫語の教科書　ポール・ギャリコ　灰島かり訳

ある日、編集者の許に不思議な原稿が届けられた。それはなんと、猫が書いた猫のための「人間のしつけ方」の教科書だった……!?　（大島弓子）

ムーミン谷のひみつ　冨原眞弓

子どもにも大人にも熱烈なファンが多いムーミン。その魅力の源泉を登場人物に即して丹念に掘り起こす、とっておきのガイドブック。イラスト多数。

ムーミンを読む　冨原眞弓

ムーミンの第一人者が一巻ごとに丁寧に語る、ムーミン物語の魅力！　徐々に明らかになるムーミン一家の過去や仲間たち。ファン必読の入門書。

グリム童話（上・下）　池内紀訳

「赤ずきん」「狼と七ひきの子やぎ」「いばら姫」「白雪姫」等おなじみのお話と、新訳「コルベス氏」「すすまみれ悪魔の弟」等を、ひと味違う新鮮で歯切れのよい訳で贈る。

不思議の国のアリス　ルイス・キャロル　柳瀬尚紀訳

おなじみキャロルの傑作。子どもむけにおもねらず、ことば遊びを含んだ、透明感のある物語を原作の香気そのままに日本語に翻訳。　（楠田枝里子）

アーサー王の死　中世文学集I　T・マロリー　厨川《くりやがわ》文夫／圭子編訳

イギリスの伝説の英雄・アーサー王とその円卓の騎士団の活躍ものがたり。厖大な原典を最もうまく編集したキャクストン版で贈る。　（厨川文夫）

アーサー王ロマンス　井村君江

アーサー王と円卓の騎士たちの謎に満ちた物語。戦いと愛と聖なるものを主題にくり広げられる一大英雄ロマンスの、エッセンスを集めた一冊。

ケルト妖精物語　W・B・イエイツ編　井村君江編訳

群れなす妖精もいれば一人暮らしの妖精もいる。不思議な世界の住人達がいきいきと甦る。イエイツが贈るアイルランドの妖精譚の数々。

ケルトの神話　井村君江

古代ヨーロッパの先住民族ケルト人が伝え残した幻想的な神話の数々。目に見えない世界を信じ、妖精たちと交流するふしぎな民族の源をたどる。

炎の戦士クーフリン／黄金の騎士フィン・マックール　ローズマリー・サトクリフ　灰島かり／金原瑞人／久慈美貴訳

神々と妖精が生きていた時代の物語。かつてエリンと言われた古アイルランドを舞台に、ケルト神話に名高いふたりの英雄譚を1冊に。　（井辻朱美）

星の王子さま　サン＝テグジュペリ　石井洋二郎訳

飛行士と不思議な男の子。きよらかな二つの魂の出会いと別れを描く名作――透明な悲しみが読むものの心にしみとおる、最高度に明快な新訳でおくる。

星の王子さま、禅を語る　重松宗育

『星の王子さま』には、禅の本質が描かれている。住職でアメリカ文学者でもある著者が、難解な禅の哲学を指南するユニークな入門書。（西村惠信）

クラウド・コレクター〈手帖版〉　クラフト・エヴィング商會

得体の知れない機械、奇妙な譜面や小箱、酒の空壜……。不思議な国アゾットへの驚くべき旅行記。単行本版に加筆、イラスト満載の〈手帖版〉。

ないもの、あります　クラフト・エヴィング商會

堪忍袋の緒、舌鼓、大風呂敷……よく耳にするが、一度として現物を見たことがない物たちを取り寄せてお届けする。文庫化にあたり新商品を追加。

生きることの意味　高《コ》史《サ》明《ミョン》

さまざまな衝突の中で死を考えるようになった一朝鮮人少年。彼をささえた人間のやさしさを通して、生きることの意味を考える。（鶴見俊輔）

まちがったっていいじゃないか　森毅

人間、ニブイのも才能だ！　まちがったらやり直せばいい。少年のころを振り返り、若い読者に肩の力をぬかせてくれる人生論。（赤木かん子）

君たちの生きる社会　伊東光晴

なぜ金持や貧乏人がいるのか。エネルギーや食糧問題をどう考えるか。複雑になった社会の仕組みや動きをもう一度捉えなおす必要がありそうだ。

友だちは無駄である　佐野洋子

でもその無駄がいいのよ。つまらないことや無駄なことって、たくさんあればあるほど魅力なのよね。一味違った友情論。（亀和田武）

心の底をのぞいたら　なだいなだ

つかまえどころのない自分の心。知りたくてたまらない他人の心。謎に満ちた心の中を探検し、無意識の世界へ誘う心の名著。（香山リカ）

自分のなかに歴史をよむ　阿部謹也

キリスト教に彩られたヨーロッパ中世社会の研究で知られる著者が、その学問的来歴をたどり直すことを通して描く〈歴史学入門〉。（山内進）

ちくま文庫

ベランダ園芸《えんげい》で考《かんが》えたこと

二〇一九年五月十日　第一刷発行

著　者　山崎ナオコーラ（やまざき・なおこーら）

発行者　喜入冬子
発行所　株式会社　筑摩書房
東京都台東区蔵前二―五―三　〒一一一―八七五五
電話番号　〇三―五六八七―二六〇一（代表）
装幀者　安野光雅
印刷所　三松堂印刷株式会社
製本所　三松堂印刷株式会社

ISBN978-4-480-43594-1　C0195